KARHUN TYTÄR

Karhun tytär

Perinnesatuja aikuisille

Aurora Silanto

Kustantaja: BoD – Books on Demand, Helsinki,
Suomi
Valmistaja: BoD – Books on Demand, Norderstedt,
Saksa
ISBN: 978-952-80-6510-4

SISÄLTÖ

Aluksi

Tämän kirjan sadut ja tarinat pohjautuvat pitkälti suomalaiseen kansanperinteeseen, sen henkilöhahmoihin, olentoihin ja tapahtumiin. Uskomustarinoissa kerrotaan tavallisesti vain keskeiset tapahtumat, saduissa voidaan todeta sankarien elävän onnellisina elämänsä loppuun tai todeta vain: sen pituinen se! Usein lukijaa, ainakin minua, jäävät mietityttämään monenlaiset tarinan ulkopuolelle jäävät asiat. Mietin, mitä tapahtumien pää- ja sivuhenkilöt ajattelivat ja tunsivat ja ennen kaikkea, mitä sitten tapahtui. Tällaisista pohdinnoista ovat syntyneet nämä kertomukset.

Metsänpeitossa

– Tämä kortti tuo mieleeni Esan. Kuvassa on suuri valtameri ja siellä purjehtiva laiva kulkee vakaasti kohti päämäärää, kertoi Margit. Hän jatkoi puhettaan, ja Hillevi tiesi, että sitä jatkuisi vielä useita minuutteja. Margit kuului niihin ihmisiin, joiden oli vaikea lopettaa, kun oli saanut esiintymisvuoron.

Työpaikan virkistyspäivä oli aloitettu tutustumisleikillä, vaikka kyllähän he kaikki tunsivat toisensa ainakin nimeltä. Useimmat olivat työskennelleet samassa firmassa vähintään viisi vuotta, siinä ajassa ehtii kuulla yhtä ja toista työtoverien perhe- ja sukulaisuussuhteista, harrastuksista ja elämänkatsomuksista. Palkanlaskijana Hillevi tiesi myös kaikkien palkat ja useimpien sairaudetkin, sillä poissaolojen lääkärintodistukset tulivat nekin hänen pöydälleen. Innokas virkistyskonsultti oli kuitenkin vakuuttanut, että he kaikki tietäisivät itsestään ja toisistaan paljon uutta ennen päivän päättymistä.

Hillevi katseli työtovereitaan odottaessaan korttileikin päättymistä. Kukaan ei näyttänyt kuuntelevan puhujaa. Useimmat niistä, jotka olivat jo esiintyneet, näyttivät kyllästyneiltä ja välinpitämättömiltä, kun taas ne, joiden vuoro oli vasta tulossa, selvästi miettivät kuumeisesti omia vuorosanojaan. Hilleviä vastapäätä istui Siina silmät kiinni ja huulet liikkuen. Hillevi tiesi, että Siina jännitti sosiaalisia tilanteita, toisinaan jopa työkavereille puhumista. Kaikki eivät nauttineet esiintymisestä niin kuin Margit.

Tutustumisleikin jälkeen virkistyskonsultti esitteli päivän aktiviteetit, jotka olivat yllättävän fyysisiä ottaen huomioon, että osanottajista puolet oli keski-ikäisiä tai sitä vanhempia naisia. Marita, siistijä, sinnitteli viimeistä vuotta ennen eläkkeelle pääsyä.

– Minä en rupea tuollaisiin naruissa roikkumisiin ja veivauksiin, sanoi Margit. Eivät tuossa kestä kädet eivätkä polvet.

Margitilla oli kohtalaisen ylipainon lisäksi päättäväisyyttä ja arvovaltaa. – Eiköhän tehdä niin, että nuo himourheilijat jäävät tänne keikkumaan, loput voivat lähteä kävelylle metsään. Ei siellä ole oikein mitään ruskaa tai muuta katseltavaksi, mutta mustikoita on metsä täynnä. Voidaan ottaa astiat mukaan ja poimia samalla piirakkamarjat.

Hilleviäkin metsässä käveleminen houkutteli enemmän kuin nuoratikkaat, seinäkiipeily ja käsipyörät. Useimmat kuitenkin jäivät joko innokkaina tai uteliaina suunniteltuihin aktiviteetteihin, joten konsultti päästi hiukan pitkin hampain puoli tusinaa naista metsään. Hän kuitenkin teki ison numeron mustikoista ja haki heille jokaiselle kunnon ämpärin. Samalla hän jo suunnitteli illan yhdeksi ohjelmanumeroksi mustikkakuningattaren kruunaamista. Joku urheilemaan jäävistä iloitsi myös mustikoista; jos poimijat laistavat päivän muun ohjelman, olisihan aivan oikein, että he keräisivät edes sitten kaikille marjoja. Ja jos jokainen metsään lähtevistä naisista poimisi ämpärinsä täyteen, niin kaikille halukkaille riittäisi piirakkamarjojen verran kotiin viemisiä.

– Minä kyllä vien kaikki poimimani marjat itse kotiin, mumisi joku, mutta Margit jo kehuskeli, miten tultaisiin katselemaan urheilusuorituksia sitten, kun ämpärit oli poimittu täyteen. – Ei siihen kovin kauaa mene, mehän ollaan kaikki reippaita poimijoita! Otetaankin vielä muovikasseja mukaan, jos satutaan löytämään sieniä.

*

Marjoja oli löytynyt jonkun verran, mutta ei läheskään niin hyvin kuin he olivat toivoneet. Oli pitänyt hajaantua, kierrellä ja kaarrella, noppia muutama marja sieltä, toinen täältä. Hillevin ämpäri oli silti vähän yli puolillaan, kun hän laski sen maahan parin mättään väliin ja oikaisi selkänsä venytelläkseen kunnolla. Olisi kyllä jo aika lähteä kotiin, tai siis pois metsästä. Polvet sattuivat kyykkimisestä ja selkä tuntui jumittuneen kumaraan asentoon. Oli ihanaa oikaista itsensä ihan suoraksi ja antaa katseen liikkua muuallakin kuin marjamättäissä. Oikeastaan oli ollut tyhmä koko marjojenpoimimisidea, olisi ollut hauskempi vain pelkästään tehdä kävelyretki metsässä, pysyä merkityillä kävelypoluilla ilman ryteiköissä tarpomista. Mutta kun toiset poimivat niin kyllä toki hänkin.

Metsä on vihreä, Hillevi ajatteli. Se on totta ja samalla ei ole. Tuntui, että metsässä oli kymmeniä eri värejä, vaikka kaikki oli vihreää. Miksiköhän suomalaisilla ei ole kymmeniä sanoja metsän väreille niin kuin joillakin kansoilla lumelle, mietti Hillevi. Sanotaanhan tietysti koivunvihreä ja kuusenvihreä, mutta miksei voisi olla vaikka koivio ja kuusimo? Mutta tietysti pitäisi sitten vielä olla erikseen se ihana kevätkoivun vihreys ja keskikesän syvänvihreys ja vielä syksynvihreys ennen lehtien kellastumista.

Hillevi astui pari askelta sivuun ja painoi kätensä suuren puun rungolle. Silläkin oli jokin väri, mutta oliko se harmaanruskea vai ruskeanharmaa tai jotain muuta? Ainakin tämä puu on vanha, Hillevi ajatteli. Se on varmaan seissyt tässä yli sata vuotta, varmaan kauemminkin. Hillevi ei tiennyt varmasti, kuinka kauan puut elävät. Kauemmin kuin ihmiset kuitenkin. Jos istuttaisi tänään puun taimen, niin lapsenlapset voisivat aikuisina istua puun alla juomassa kahvia. Isoäitinne istutti tämän puun, he kertoisivat omille lapsilleen. No, hänellä tosin ei ollut lapsia eikä lapsenlapsia, mutta noin yleensä. Jos hän olisi koulutyttönä istuttanut pienen taimen, se olisi oikea, iso puu nyt.

Hetken mielijohteesta Hillevi painautui puuta vasten ja kiersi kätensä sen ympärille. Runko oli haarautunut kahdeksi aivan alhaalta, tai ehkä siinä oli kaksi puuta. Kädet eivät ihan ylettyneet yhteen molempien runkojen toisella puolella. Nythän minä ole sellainen puunhalaaja, ajatteli Hillevi. Jossain lehdessä oli ollut juttu puunhalaajista. Siinä oli myös kerrottu, että metsässä liikkuminen voimaannuttaa ja lisää terveyttä. Hillevi naurahti. Hänellä itsellään olisi varmaan selkä kipeänä huomenna kaiken tämän kumartelun ja kykkimisen jälkeen, hän kun tavallisesti harrasti lähinnä lukemista. Mutta hyvähän metsässä oli hengittää ja kaunistakin, kun vain ehti katsella ympärilleen.

Hillevi huokaisi. Lepotauko oli pidetty, nyt pitäisi jatkaa poimimista. Ärsytti, että mustikoitten poimimisesta oli tehty jonkinlainen urakka sen sijaan, että pääasiana olisi ollut metsässä liikkuminen. Missä oli ämpäri? Tuolla! Jotenkin Hillevi ei vain saanut kävellyksi ämpärinsä luo, vaan jäi seisomaan puun vierelle. Hän kuunteli. Ilsa huusi häntä nimeltä. – Hillevi, tule, lähdetään pois, huuteli Ilsa. Hän tuli lähemmäs, katseli ympärilleen, mutta ei huomannut Hilleviä. Hilleviä nauratti. Hän päätti odottaa, että Ilsa tulee vielä lähemmäs ja sitten yllättää tämän.

Ilsa näki Hillevin marjaämpärin ja käveli sen luokse. Hän katsoi ympärilleen, muttei vieläkään huomannut puun runkoon nojaavaa Hilleviä. Sitten Ilsa vilkaisi vielä hätäisesti ympärilleen, tarttui Hillevin marjaämpäriin ja kaatoi siitä siekailematta aika satsin omaan ämpäriinsä! Hänen ämpärissään ei näyttänyt ennestään kovin paljon marjoja olevankaan, mokoma laiskuri! Ilsa laski Hillevin vajentuneen ämpärin samaan paikkaan takaisin ja huusi taas: – Hillevi! Tule jo, lähdetään!

Hillevi aikoi astua esiin ja antaa Ilsalle aika ryöpytyksen marjaämpärin vajentamisesta, mutta jotenkin hän ei pystynyt tekään sitä. Hän pystyi liikuttamaan käsiään ja jalkojaan, mutta ei voinut astua askeltakaan. Hän yritti huutaa, mutta ääntä ei tullut, selvästikään Ilsa ei kuullut.

9

Hillevi tiesi, että hänen pitäisi olla paniikissa, huutaa, rimpuilla päästäkseen irti jostakin, mitä ei tuntenut. Hän tunsi itsensä kuinkin aivan rauhalliseksi, vaikka hämmentyneeksi. Margit tuli Ilsan luokse, toiset jäivät odottamaan kauemmas polulle. – Hillevin ämpäri oli tässä, näytti Ilsa. Mutta Hillevi on poissa. Hilleviä vähän naurattikin, kun hän näki Ilsan kurkkivan pensaiden alle häntä kutsuen. Ehkä Ilsa arveli, että hän olisi huvikseen piiloutunut pensaan alle. Margit hoputti naisia matkaan, pitäisi mennä esittelemään marjasaalista, kyllä Hillevi tulisi perästä. Kun kaikki olivat menneet, Hillevi tajusi olevansa yksin metsässä pääsemättä kotiin. Pääsisikö hän koskaan irti tästä, mikä häntä piteli? Paleltuisiko hän kuoliaaksi vai nääntyisikö nälkään? Löytäisikö joku joskus hänen ruumiinsa vai jäisikö hän iäksi tuntemattomalla tavalla kadonneitten joukkoon? Hillevi istui sammaleelle ja nojasi selkänsä puun runkoon. Tässä istun enkä muuta voi, hän ajatteli. Tällaista ei voi oikeasti tapahtua, tällaista ei ole varmasti tapahtunut kenelläkään koskaan ennen.

Hillevi yritti hengittää rauhallisesti ja ajatella tilannetta järkevästi. Hän oli yksin metsän vankina, metsänpeitossa... Sellaisesta hän oli lukenut, joskus ennen vanhaan oli sellaiseen uskottu. Se ei ollutkaan pelkkää satua vaan totta, sillä nyt hän oli metsänpeitossa, sen hän tajusi ihan varmaksi.

Hillevi yritti miettiä, mitä tarinoissa oli kerrottu metsänpeitosta. Ainakin joissain tarinoissa oli ollut myös metsän väkeä, haltioita ja metsänneitoja. Ne kai olivat joskus ihmisille vaarallisia ja vihamielisiä, mutta joskus ystävällisiä ja leikkisiä. Ehkä joku metsänhaltia oli huvikseen vanginnut hänet metsänpeittoon, ja tulisi ehkä kohta päästämään hänet irti? Hillevi katseli ympärilleen, näkyisikö mitään erikoista, mikä osoittaisi metsänhaltian olevan lähellä. Hän kuiskaili itkunsekaisella äänellä avunpyyntöjä, vaikka toisaalta jokin puoli hänessä piti naurettavana ajatusta anella metsänhaltialta apua. Tuskinpa mikään metsänneito tulee pelastamaan, satuolentojahan ne ovat.

Juuri tällä hetkellä Hillevi ei ollut nälkäinen, mutta ennen pitkää hän epäilemättä kuolisi nälkään. Hän oli menettänyt ajantajunsa, mutta tiesi olleensa metsässä jo vaikka kuinka kauan, tunteja ainakin. Hillevi alkoi olla hädissään. Vaikutti siltä, että metsän henki tai mikä tahansa olikaan se, joka hänelle oli puhunut, oli poissa. Hän liikutteli käsiään ja jalkojaan, ne liikkuivat, mutta kävelemään hän päässyt. Hän tuskastui ja hänestä alkoi tuntua

10

turhan lämpimältä. Kun hän riisui takkiaan, hänelle tuli mieleen keino, jolla jossain tarinassa oli vapauduttu metsänpeitosta. Metsänpeittoon joutunut oli kääntänyt paitansa nurin päin ja pukenut sen uudelleen ylleen. Vapisevin käsin Hillevi käänsi takkiaan ympäri. Voisiko tämä toimia? Voi, kunpa tämä toimisi! Hillevi veti nurinpäin olevan takkinsa päälleen ja katsoi ympärilleen. Oliko ilma vähän kirkkaampaa? Varovasti, hyvin varovasti Hillevi siirsi jalkojaan ja oli vähällä kaatua nurin hämmästyksestä todetessaan pystyvänsä kävelemään. Hän lähti ripeästi kohti asfaltoitua luontopolkua ja sille päästyään kiiruhti melkein puolijuoksua eteenpäin. Tuli hiki, mutta hän ei uskaltanut riisua takkiaan pelätessään joutuvansa uudelleen metsänpeittoon. Olikohan koulutuskeskuksessa ketään paikalla? Etsijöitä ainakin. Varmaan häntä vielä etsittäisiin? Hillevi ei ollut varma, kauanko hän oli ollut metsänpeitossa. Kuinka pian etsinnöistä luovutaan, jos mitään ei löydy?

*

Hillevi lähestyi koulutuskeskusta ja kuuli iloisen hälinän. Hän ei ollut uskoa silmiään nähdessään harjoituksiin jääneet touhuamassa kentällä ja metsässä olleet työtoverinsa marjaämpäreineen juttelemassa kentän laidalla.

– Olitko puskapissalla? Me jo ehdimme sinua huudellakin, huikkasi Margit. – Paljonko sinulla on marjoja? Minulla on täysi ämpäri ja Ilsalla on melkein yhtä paljon. Komea saalis!

Hillevi katseli ympärilleen hämmästyneenä. Hän oli kuvitellut olleensa metsänpeitossa pitkään – tunteja ainakin. Täällä kuitenkin kaikki touhusivat täysin tietämättöminä hänen poissaolostaan. Eikö aikaa tosiaan ollut kulunut? Oliko metsänpeitto ollut todellista vai hänen omaa kuvitelmaansa?

Hillevi kiskoi nurinpäin olevan takkinsa päältään ja käänsi takin oikein päin. Nyt hän tiesi varmasti olevansa taas tavallisessa maailmassa, mutta hän tunsi kyllä itsensä hiukan erilaiseksi kuin ennen. Uskaltaisiko hän enää koskaan lähteä metsään? Toisaalta, nyt kun hän tiesi keinon, jolla metsänpeitosta vapautuu, joten ehkäpä hän uskaltaisikin.

11

Susia ja ihmisiä

Eräässä kylässä eli kerran tyttö, jonka nimi oli Tuovi. Tyttö oli vielä kovin nuori, kun hänen paimenessa ollessaan eräs metsästäjä näki hänet ja ihastui tyttöön. Metsästäjä, Matti nimeltään, kävi pyytämässä tyttöä vaimokseen. Vanhemmat vähän epäröivät, kun tyttö oli niin nuori, mutta suostuivat sitten. Talven aikana Tuovi kutoi kapioitaan, seuraavana keväänä vietettiin häät ja Tuovi muutti Matin mökkiin metsän laitaan.

Aluksi kaikki sujui hyvin. Tuovi tunsi olevansa aikuinen puuhatessaan tuvassa ja Matin rakentamassa pikku navetassa, jossa ammui Matin lehmän lisäksi Tuovin kotoaan tuoma lehmä. Matin mökki oli hauskasti mäen rinteessä; mökin ovelta näki pitkälle kylän suuntaan, mutta heti mökin takana alkoi metsä. Kesä eteni kuin kotia leikkien ja syksykin meni varsin hyvin. Mutta talvi tuntui pitkältä.

Tuovi oli iloinnut voidessaan puuhiensa lomassa pujahtaa hetkeksi metsään kuuntelemaan lintujen laulua ja muita metsän ääniä. Talvella lumi ja pakkanen estivät kulkemisen. Tuovi kiiruhti tuvan, navetan ja puuvajan välillä niin nopeasti kuin pystyi. Hän oli raskaana ja voi jatkuvasti huonosti. Kun pahoinvointi lopulta lakkasi, hän oli jo niin kömpelö, ettei halunnut liikkua enempää kuin oli pakko.

Keväällä Tuovi synnytti pojan ja Matti oli ylpeydestä ratkeamaisillaan. Tuovi vain ei jaksanut iloita oikein mistään. Hän kyllä rakasti pikku poikaansa ja siveli hellästi pojan päätä tätä imettäessään, mutta muuten hänestä tuntui, että hän olisi halunnut vain nukkua. Metsäkään ei tuottanut hänelle entisenlaista iloa, vaikka hän joskus sinne hetkeksi pääsikin.

Toinen talvi tuntui melkein yhtä uuvuttavalta kuin ensimmäinenkin, vaikka Tuovi ei tällä kertaa ollut raskaana. Matti tosin jo kovasti toivoi pojalleen pikkusiskoa tai -veljeä. Tuovi tunsi hellyyttä nähdessään poikansa nousevan seisomaan ja iloitsi huomatessaan, miten mielellään Matti hoiti lasta nyt, kun se ei enää ollut ihan sylivauva. Uutta raskautta hän ei kuitenkaan toivonut, vaikka tiesi, ettei sitä voisi välttää.

Keväällä Tuovi alkoi taas kulkea metsässä, milloin vain voi. Myös Matti oli huomannut, että metsä piristi Tuovia eikä hän tiuskinut miehelleen ja pojalleen kuten ennen; Tuovi sai myös nukutuksi paremmin. Niinpä Matti ei kieltänyt, vaan paremminkin yllytti, kun Tuovi lähti iltaisin ulos ja käveli metsään. Aluksi Tuovi vietti metsässä vain vähän aikaa, mutta vähitellen hän alkoi viipyä pitkälle aamuyöhön ja sujahti nukkuvan Matin viereen vain hetkeksi ennen aamuheräämistä. Silti hän nousi virkistyneenä ja jaksoi tarttua päivän töihin kuin hyvän yöunen jälkeen.

Juhannuksena Tuovi ja Matti olivat poikansa kanssa kylän kokolla. Tuovi katseli nuorten tanssia ja ilonpitoa ja tunsi hiukan haikeutta, hänhän ei ollut juuri ehtinyt kokea nuoren neidon elämän iloja ennen naimisiinmenoaan. Matti istui kokon lähettyvillä ja jutteli ystäviensä kanssa. Poika oli nukahtanut hänen syliinsä. Tuovi kuiskasi Matille, että hänen päätään kivisti ja että hän lähtisi jo kotiin, mutta Matti voisi viipyä niin kauan kuin haluaisi. Matti nyökkäsi, ja Tuovi livahti tiehensä. Kotimökillä hän ei mennyt lainkaan sisälle, vaan juoksi suoraan metsään.

Tavallisesti Tuovi oli pysytellyt melko lähellä kotia, mutta nyt hän juoksi syvälle metsään. Hän juoksi juoksemistaan, kunnes lopulta vaipui hengästyneenä maahan. Kun hän alkoi katsella ympärilleen, hän totesi, ettei ollut aivan varma, mistä suunnasta oli tullut. Se tuntui hänestä kuitenkin aivan mitättömältä pikkuasialta. Hän nousi ja alkoi kävellä eteenpäin hitaasti, ahmien metsän tuoksuja ja ääniä.

Kävellessään korkeiden saniaisten keskellä Tuovi huomasi yllätyksekseen eräässä kasvissa sinisen kukan. Hän tiesi, että saniainen kukkii vain kerran sadassa vuodessa, juhannusyönä. Kuka sen kukan löytää, saa toivoa. Tuovi otti kukan käsiensä väliin taittamatta sitä, sulki silmänsä ja kuiskasi toivovansa, että saisi jäädä metsään.

Silmiään avaamatta Tuovi veti syvään henkeä. Hän aisti metsän tuoksut yhä voimakkaammin ja kuuli ääniä, joita ei ollut huomannut aikaisemmin. Hän avasi silmänsä ja näki saniaisten varret. Sininen kukka ei enää ollut hänen käsissään, vaan hän kätensä olivat muuttuneet suden käpäliksi.

Tuovi tarkasteli itseään ja totesi olevan susi ihan kaikin puolin. Hän oli joskus kuullut kertomuksen sudeksi muuttuneesta miehestä, joka oli välillä susi, välillä ihminen, ja tajusi toivovansa, että hänen kohdallaan muutos olisi pysyvä. Hän ei halunnut muuttua ihmiseksi enää koskaan.

Tuovi juoksi sutena metsään tuntien vahvasti olevansa taas elossa. Ajatus pojasta käväisi mielessä, mutta Tuovi tiesi, että Matti hoitaisi pojan hyvin. Sitten hän vain juoksi ja juoksi, kunnes pysähtyi, kohotti kuononsa ilmaan ja ulvoi pitkään. Hän kuuli vastausulvonnan ja lähti riemumielin juoksemaan sen suuntaan. Tuovia etsittiin metsästä ja kylältä, mutta kukaan ei tiennyt, mitä hänelle oli tapahtunut. Joku muisti kuulleensa juhannusyönä susien ulvontaa, ja lopulta oli pakko päätellä, että Tuovi oli joutunut susien saaliiksi. Matti suri aikansa ja meni uusiin naimisiin. Vaimo oli hyvä äiti Tuovin pojalle sekä niille lapsille, joita he Matin kanssa saivat. Tuovia ei enää nähty ihmismuodossaan. Sutena hän joskus kävi lähellä kylää, mutta hän ei koskaan kaivannut ihmiselämäänsä.

Toinen ihmissusitarina

Matias oli suuren kartanon ainoa poika, tyttö Marjaana oli orpotyttö, alkujaan pienestä töllistä lähtöisin ja työskenteli piikana naapuritalossa. Kartanon emäntä, Matiaksen äiti, oli ehdottomasti nuorten liittoa vastaan. Hän ei halunnut edes tutustua Marjaanaan ja kielsi Matiasta tuomasta tyttöä kartanoon. Mutta nuoret olivat niin rakastuneita, ettei äidin kielto vaikuttanut mitään. Koska Marjaana ei voinut tulla kartanoon, nuoret tapasivat muualla, missä vain voivat. Marjaana nukkui kesällä aitassa ja sinne Matias joskus hiipi yöksi. Sittenpä kävi niin, että Marjaana tuli raskaaksi. Matias kertoi äidilleen, että nyt oli pakko järjestää nopeasti häät.

Kartanon emäntä oli kiukuissaan. Hän oli melko varma, ettei Marjaana edes ollut oikeasti raskaana, vaan ainoastaan väitti niin saadakseen Matiaksen naimisiin. Ja vaikka olisikin, tyttö ei ollut hänen poikansa arvoinen. Emäntä kuitenkin ryhtyi järjestämään häitä, vaikka mietti koko ajan, miten saisi liiton estetyksi. Tavallisestihan morsiamen suku järjestää häät, mutta Marjaanalla ei ollut ainoaakaan sukulaista elossa. Eikä kartanon emäntä olisikaan halunnut poikansa menevän naimisiin minkään mökkiläisen tuvassa. Sitä paitsi hän pysyi ajan tasalla kaikesta, kun oli itse häitä järjestämässä.

Hääpäivä lähestyi, eikä emäntä ollut keksinyt keinoa estää poikansa naimisiinmeno. Hän oli lähettänyt emäntäpiikansa Marjaanan luokse tarjoamaan tälle rahaa, jos tyttö vain lähtisi koko kylästä eikä palaisi koskaan takaisin. Marjaana oli kieltäytynyt. Totta kai kieltäytyi, ajatteli emäntä, pääseehän tyttö paljon suurempiin rahoihin käsiksi, kun nai kartanon perillisen.

Kuten monissa kylissä, täälläkin asui noita mökissään kylän laitamilla. Hieno kartanon rouva ei ollut koskaan ennen käynyt noidan luona, mutta nyt hänellä ei ollut muuta keinoa. Hän halusi ostaa noidalta myrkkyä, jolla tappaisi Marjaanan. Noita kertoi osaavansa monenlaista, mutta tappavaa myrkkyä hän ei kenellekään myisi, ei mistään rahasta. Emäntä pyysi apua. Jollakin tavoin liitto olisi estettävä. Kai noidalta jokin keino löytyisi? Noita mietti ja lopulta sanoi, että hänellä olisi keino muuttaa morsian eläimeksi. Siitä emäntä innostui. Marjaana muuttuisi villieläimeksi ja poika olisi vapaa. Noita lupasi valmistaa taikajauhetta, johon hän punoisi muodonmuutoksen. Sopivalla hetkellä hääjuhlassa

15

emäntä heittäisi jauheen morsiamen päälle, ja tyttö juoksisi villieläimenä metsään.

Suunnitelma kuulosti hyvältä. Emäntä ei halunnut, että häntä syyteltäisiin tapahtuneesta, joten hän lähetti pari piikaa keräämään kukkien terälehtiä. Emäntä sekoitti jauheen kukkiin ja vihkipäivänä hän määräsi piiat kirkon ovelle. Kun morsian, tai oikeammin siis vastavihitty nuorikko, astuisi ulos, tytöt heittäisivät hänen päälleen terälehdet. Onnentoivotukseksi, sanoi emäntä, ja se kuulosti tytöistä ihanalta ajatukselta.

Vihkiminen järjestettiin ja kartanoon oli varustettu hienot hääjuhlat. Kun hääpari poistui kirkosta, he pysähtyivät suutelemaan kirkon ovelle. Ihanan romanttista, tuumivat tytöt kukkakoreineen ja samassa jo terälehdet leijuivat hääparin yllä. Ennen kuin kukat olivat ehtineet laskeutua maahan, pariskunta alkoi muuttua. Tytöt näkivät kauhukseen Matiaksen ja Marjaanan muuttuvan kahdeksi suureksi sudeksi, jotka juoksivat kirkon portailta suoraan metsään.

Juhlaväki oli vielä sisällä kirkossa, jonne he kuulivat tyttöjen kirkaisut. Emäntä hymyili itsekseen, mutta valmistautui esittämään kauhistunutta. Ulos päästyään hän kuuli, että morsiamen lisäksi myös sulhanen oli muuttunut sudeksi. Hän kirkui ja huusi aidossa tuskassa. Pari kerjäläisukkoa oli seisoskellut kirkon lähellä ajatuksenaan saada häätalossa vatsansa täyteen. He todistivat nähneensä, että hääpari ensin suuteli ja sitten molemmat muuttuivat susiksi, jotka loikkivat metsään. Kukaan ei kuitenkaan osannut yhdistää kukkasadetta tapahtumiin.

Emäntä ilmoitti, ettei hääjuhlia pidetä, koska ei ollut morsiuspariakaan. Kerjäläiset pyysivät kuitenkin saada hiukan hääruokia, mutta emäntä ilmoitti mieluummin heittävänsä tarjoilut roskiin kuin jakavansa niitä tällaisena hetkenä. Silloin yksi kerjäläisistä sanoi, että kovasydäminen emäntä saa vielä kokea suuren surun. Emäntä huusi menettäneensä juuri ainoan poikansa, mitään sen suurempaa surua hänelle ei voisi tulla.

Emäntä kävi kysymässä noidalta, miten taian voisi purkaa, mutta noita kertoi, että se olisi mahdotonta. Hän oli kyllä kuullut, että sudeksi muutettu ihminen olisi joskus päässyt takaisin ihmismuotoonsa saatuaan ihmisen kädestä leipää, mutta hän ei tiennyt, oliko tuollainen tarina totta ja jos olisikin, auttaisiko se tässä tapauksessa.

16

Siitä päivästä lähtien emännällä oli aina taskussa leivänpala sudelle annettavaksi, ja hän pyysi koko kartanon väkeä pitämään leipää mukanaan. Hän antoi tiedottaa kylässä antavansa suuren palkkion sille, joka saa hänen poikansa muuttumaan takaisin ihmiseksi, joten kylässäkin moni kanniskeli leivänpalaa taskussaan.

Muutaman kuukauden kuluttua kartanoon tuli joukko metsästäjiä. He kertoivat olevansa naapuripitäjästä ja olleensa sudenajossa. He olivat kaataneet suuren urossuden. Kun he olivat nylkeneet suden, sen nahan alta oli löytynyt kultakello. Yksi metsästäjistä oli ollut aikanaan metsällä kartanon isännän kanssa ja uskonut tunnistavansa kellon, sen tähden he olivat lähteneet tuomaan sitä kartanoon.

Emäntäkin tunnisti kellon. Se oli todellakin hänen miesvainajansa kello, jonka hänen poikansa oli saanut isänsä kuoltua. Kello oli ollut pojan liivintaskussa häissä ja pojan muuttuessa sudeksi. Nyt emäntä tiesi, että hänen poikansa oli kuollut, ja hän katui katkerasti, ettei ollut suostunut pojan avioliittoon. Ellei hän olisi yrittänyt päästä eroon miniästään, hänellä olisi tällä hetkellä elävä poika ja ehkä pian myös lapsenlapsi. Epämieluisaan miniäänkin hän olisi varmaan lopulta tottunut. Nyt hänellä ei ollut muuta kuin menetyksistä kertova kultakello.

Marjaana jäi sudeksi. Mutta eräänä pimeänä yönä kartanon pihalla tapahtui jotain kummallista. Aamulla kartanon portailta löytyi vastasyntynyt poikalapsi, ja yksi rengeistä väitti nähneensä yöllä pihalla suden. Hän oli emännän ohjeen mukaisesti tarjonnut sille leipää, vaikka olikin ollut peloissaan. Susi oli tullut lähemmäs kuin ottaakseen leivän, mutta sitten se oli huiskaissut etukäpälällään leivän maahan ja juossut metsään, vakuutti renki.

Emäntä halusi uskoa renkiä, ja sitä, että lapsi oli hänen poikansa ja Marjaanan pienokainen. Hän otti lapsen omakseen ja hoiti sitä rakkaudella. Emännän kuoleman jälkeen lapsi peri koko kartanon.

Myöhemmin joku kyllä väitti, että myös eräs kartanon piioista olisi saanut lapsen sinä yönä. Lapsen isä olisi huhujen mukaan ollut juuri tuo sama renki, joka oli sen sudenkin nähnyt. Mutta tällaiset puheet eivät koskaan kantautuneet kartanon emännän korviin ja tuskin hän niistä olisi piitannutkaan.

17

Aarnivalkeat

Erään pienen kylän laitamilla asui pienessä mökissä eräs mies, taisi olla Paavo nimeltään, ja hänen vaimonsa Maija, vaimon äiti ja perheen viisi lasta. Heillä ei ollut omaa karjaa muuta kuin kaksi kanaa. Paavo ja Maija tekivät kaikenlaisia tilapäistöitä, mitä vain kylältä löytyi, he kävivät peltotöissä ja karjaa hoitamassa, lisäksi Maija teki kotona kehruu- ja ompelutöitä aina kun vain sai. Paavo yritti pitää hataraa mökkiä kunnossa niin hyvin kuin kykeni. Perhe tuli toimeen nipin napin. Vanhempien ahkeruudesta huolimatta mökissä elettiin aina pienessä nälässä, ja talvisin lasten piti kerääntyä ihan lieden ääreen pysyäkseen lämpiminä.

Eräänä aamuna Paavo otti mukaansa kahden päivän eväät ja lähti metsään tekemään polttopuita. Paikka oli melko kaukana, joten hänen oli tarkoitus jäädä yöksi metsään. Paavo teki ahkerasti töitä koko päivän, illalla hän sytytti nuotion, söi eväänsä ja aikoi käydä havuvuoteelle pitkäkseen. Silloin hän huomasi puitten lomasta nuotion loistetta. Hän arveli naapurinsa pitävän siellä tulta ja ihmetteli hiukan, kun ei ollut kuullut päivällä naapurinsa työn ääniä.

Paavo lähti naapuria tervehtimään, mutta hänen ihmeekseen nuotion äärellä ei ollut ketään. Paavo näki nuotion sinertävät liekit ja ymmärsi, ettei nuotio ollutkaan ihan tavallinen. Samassa hänen kimppuunsa kävi suuri pässi, joka yritti puskea häntä. Paavo ei osannut muuta kuin tarttua kiinni pässin sarvista. Pässi yritti puskea ja Paavo piteli sitä sarvista. Tätä jatkui pitkään, kunnes yhtäkkiä pässi muuttui vielä paljon suuremmaksi sonniksi, joka mylvien yritti keihästää Paavon teräviin sarviinsa. Mutta Paavo piteli edelleen kiinni sarvista eikä hellittänyt, vaikka alkoi tuntea voimiensa hiipuvan. Lopulta hän jo ajatteli päästää irti ja toivoa, ettei eläin saisi vahingoitettua häntä niin pahasti, ettei hän selviäisi enää kotiin. Juuri silloin taivaalta pilkahtivat aamuauringon ensimmäiset säteet ja sonni katosi. Paavo huomasi pitelevänsä molemmin käsin kiinni padan sangasta, ja pata oli täynnä rahaa. Paavo tajusi, että aarteen haltia oli suojellut aarrettaan pässin ja sonnin hahmossa.

Paavo keräsi tavaransa ja lähti padan kanssa kotiin. Kotimökissä perhe hämmästyi Paavon nostaessa rahapadan tuvan pöydälle. Rahaa oli niin paljon, että perhe sai kunnollisen mökin, pienen peltotilkun sekä kaksi lehmää, lampaita ja kanoja. Osan rahoista he laittoivat talteen. Paavo ja Maija tekivät edelleen ahkerasti töitä, mutta enää heidän ei tarvinnut pelätä, että joutuisivat koskaan näkemään nälkää. Ja uuden mökin sai talvella niin lämpimäksi, että lapset voivat leikkiä lattialla paleltumatta.

Paavo kertoi mielellään onnekkaasta tapahtumasta, ja moni kyläläisistä kierteli metsässä nähdäkseen aarnivalkeita ja saadakseen itselleen aarteita. Ehkäpä joku virvatulen näkikin, mutta aarretta ei kukaan muu siinä kylässä onnistunut saamaan.

*

Naapurikylässä eräs mies, Jalo nimeltään, oli kuullut aarrevalkeista ja hän halusi kovasti päästä näkemään tuollaisen ihmeellisen tulen ja tietysti myös löytää aarteen. Hän kierteli pitkin poikin metsiä ja soita, mutta ei onnistunut näkemään pienintäkään virvaliekkiä. Hän ei kuitenkaan lannistunut, vaan etsi etsimistään.

Mies oli kuullut, että juhannus ja joulu saattaisivat olla erityisen otollista aikaa aarnivalkeiden näkemiselle, ja niiden ajat hän vietti erityisen tarkkaan metsässä. Hän otti mukaansa eväitä ja varusteita, niin että hän saattoi helposti viettää metsässä useita päiviä kerrallaan. Aarretulia ei vain näkynyt. Kyliä kiertäessään mies kuulosteli ja kyseli, olisiko joku nähnyt outoja tulia, ja kun sellaisista kerrottiin, hän oli valmis maksamaan siitä, että hänelle näytettiin tulien paikat. Monta paikkaa hänelle näytettiinkin, mutta vaikka opas vakuutti itse nähneensä tulen tai tietävänsä jonkun, joka varmasti oli juuri tässä nähnyt aarretulen, ei Jalo päässyt aarnivalkeaa näkemään.

Jalo oli varakas mies ja hän pystyi käyttämään aikansa ja vähän rahaakin aarteenetsintään. Lopulta hänen sinnikkyyteensä palkittiin, ja hän näki aarnitulen palavan. Hän hiipi tulta kohti ja heitti tuleen puukkonsa, koska erään tiedon mukaan aarteen saa omakseen, jos heittää tuleen rautaa. Mitään ei kuitenkaan tapahtunut. Jalo yritti kaivaa tulen alta, mutta sai vain haavan käteensä omasta puukostaan. Hän merkitsi paikan ja palasi päivällä kaivamaan aarretta esiin, mutta vaikka hän kaivoi syvän kuopan, mitään aarretta ei löytynyt.

Jalo oli pettynyt, mutta hän ei lannistunut. Hän kierteli edelleen vihjeiden perässä ja alkoikin yhä useammin päästä näkemään aarrekätköjen virvatulia. Aarretta hän ei vain löytänyt. Yhden kerran hän jo huudahti ilosta uskoessaan nähneensä kullan kimaltavan, mutta silloin aarre ja tuli hävisivät. Myöhemmin hän tajusi, että hän oli omalla huudollaan aiheuttanut aarteen

19

menetyksen, tiesihän hän, että aarretta tavoitellessa piti olla hiljaa. Olihan hän nyt tuon kuullut aikaisemminkin, monia kertoja. Ja tarinoiden mukaan monelle oli käynyt kuin hänelle. Silti tapaus kismitti häntä kovasti.

Vuodet kuluivat, ja aina vain Jalo etsi aarrettaan. Hänen vanhempansa olivat kuolleet, sisarukset avioituneet ja saaneet lapsia, mutta Jalo ajatteli vain aarretta, jonka hän kerran löytää. Hän vanheni ja kulki yhä hitaammin, mutta hän ei voinut lopettaa etsintäänsä. Sukulaiset yrittivät painostaa häntä jättämään lapsellisuudet ja pysymään kotona, mutta vaikka hän jäi vähäksi aikaa kotiin, ennen pitkää hänen oli taas pakko lähteä etsimään ihmeellistä tulta, jonka palaisi aarteen päällä.

Erään kerran hän oli taas viettänyt kotosalla useita viikkoja, kun hänestä alkoi eräänä iltana tuntua siltä, että hänen olisi pakko päästä metsään. Hän lähti salaa perheeltään, mennä köpötteli kävelykeppiinsä tukeutuen pieneen metsikköön, joka oli hänen kotinsa lähellä. Ja silloin hän näki aarnivalkean, jonka luona kuljeskeli pikkuruinen, melkein läpikuultava ukko. Jalo hiipi lähemmäs. Hän kuuli aarteen vartijan mutisevan itsekseen seitsemästä joutsenesta, jotka aarteen saamiseksi tarvittaisiin. Jalolla oli aina taskuissaan monenlaisia tarvikkeita, ja nyt hän kaivoi vapisevin käsin esille seitsemän valkoista kiveä. Ne saisivat käydä joutsenista. Hän heitti kivet tuleen ja näki maasta nousevan valtavan kattilan kukkuroillaan kultarahoja ja monenlaisia koruja. Jalo kurkotti kohti kattilaa, hän kaatui, mutta sai otetuksi kiinni astiasta. Hän sulki silmänsä ja nautti hetkestä, josta oli unelmoinut koko elämänsä.

Aamulla perheenjäsenet olivat huomanneet Jalon lähteneen ulos ja lähtivät häntä etsimään. He löysivät hänet kuolleena metsiköstä, kädessään kourallinen käpyjä.

Veden väkeä

Pieni kylä sijaitsi järven rannalla, ja järvessä asui näkki. Kylän puolella järvessä oli hiekkaranta, jossa matalaa vettä riitti pitkälle. Ranta oli tietenkin lasten suosiossa, se oli aivan täydellinen vesileikkeihin. Kuumina kesäpäivinä rannalla saattoivat olla kaikki kylän lapset pulikoimassa. Näkki oli tietenkin vaaniskelemassa syvemmällä, mutta matalaa ulottui niin pitkälle, ettei lapsille useinkaan tullut houkutusta kahlata syvään saakka.

Näkillä oli kuitenkin yksi hyvä keino päästä lasten kimppuun. Kuten monet vedenhaltiat, sekin osasi muuttaa muotoaan. Se muuttui isoksi koiraksi, joka tuli liehakoimaan lasten ympärille. Lapset telmivät koiran kanssa ja jotkut juoksivat vedessä koiran perässä aika pitkälle. Kukaan ei kuitenkaan käynyt niin lähellä syvää, että näkki olisi saanut saaliinsa.

Näkiltä eivät kuitenkaan keinot olleet vielä lopussa. Se sai houkuteltua yhden lapsista selkäänsä, ja siitähän lapset innostuivat. Kaikki halusivat koiran kyytiin. Lasten kiivetessä selkään näkki hivuttautui samalla yhä kauemmas rannasta ja lähemmäs syvää. Se aikoi viedä kaikki lapset mukanaan syvyyksiin, eivätkä lapset osanneet ihmetellä, kun koiran selkä piteni, niin että aina seuraava lapsi mahtui kyytiin. Viimeiselle lapselle jäi kuitenkin kovin vähän tilaa, se joutui istumaan melkein hännän päällä. Istun tässä niin kuin 'näkin näpärällä', ajatteli lapsi ja muisti samassa tarinat näkistä ja kierähti pois koiran selästä juuri ennen kuin se sukelsi syvään veteen. Lapsi juoksi itkien rantaan ja huusi ison koiran vieneen kaikki lapset. Vanhemmat ryntäsivät veteen tavoittelemaan lapsia, osa lähti veneillä etsimään. Lapsista ei kuitenkaan näkynyt jälkeäkään. Kylässä vallitsi suuri suru.

Vuodet kuluivat. Tarinaa näkistä kerrottiin lapsille ja lasten vesileikkejä oli pitkään seuraamassa aina joku aikuinen, eikä näkki saanut enää siepatuksi rannasta lapsia. Vähitellen vaara alkoi monelta unohtua, mutta lasten keskuudessa kerrottiin edelleen tarinaa mustasta koirasta, joka vie lapsen mukanaan syvyyksiin. Tarina kulki niin kuin lasten tarinat kulkevat: vanhemmat lapset kertoivat koirasta nuoremmille, ja usein niin dramaattisesti, että lapset näkivät koirasta painajaisia. Aina toisinaan joku lapsi kieltäytyi monena päivänä tulemasta veteen ja kertoi kuiskaten kaverilleen nähneensä syvänteestä kohoavan koiran pään. Aikuisille lapsia hukuttava musta koira oli jo tässä vaiheessa

21

muuttunut pelkäksi saduksi, aikuisillahan on tällaisissa asioissa tavallisesti lyhyempi muisti kuin lapsilla.

Kun näkki ei saanut lapsia, se yritti aikuisia. Se ui kalastajien veneen lähelle ja alkoi keikuttaa venettä, kunnes sai sen kaatumaan nurin. Kerran kaksi kalastajaa oli ollut nostamassa verkkoa. Verkko oli sen verran sotkussa, että he päättivät ottaa sen mukaansa ja selvittää rannalla. Saatuaan verkon veneeseen he näkivät pitkäsormisen vihertävän käden tarttuvan veneen laitaan ja alkavan keinuttaa venettä. He hakkasivat näkin sormia airolla, mutta se keikutti venettä yhä vain kovemmin. Silloin kalastajat heittivät verkkonsa veteen näkin päälle. Kun näkki sotkeutui verkkoon, miehet soutivat rantaan niin kovaa kuin vain pääsivät. Rannassa he huokasivat helpotuksesta, mutta sitten heitä alkoi harmittaa hyvän verkon menetys, ja he päättivät palata hakemaan verkkoa. Kaksi muuta venettä lähti mukaan siltä varalta, että näkki vaaniskelisi vielä samassa paikassa.

Näkki tosiaan olikin vielä samassa paikassa. Se oli sotkeutunut verkkoon niin pahasti, ettei päässyt irti. Miehet nykivät verkkoa ja näkki pyyteli miehiä päästämään hänet irti. Näkki lupasi siirtyä muualle kylän rannasta, jos hänet vapautettaisiin. Kalastajat eivät uskoneet, että näkki noin vain muuttaisi pois ja jos muuttaisikin, se vaanisi kalastajia sitten kauempana. He vaativat näkkiä lupaamaan, ettei se enää koskaan hukuttaisi ketään. Eihän näkki sellaista voinut luvata, se ei olisi mitenkään voinut sellaista lupausta pitää. Miehet eivät siis päästäneet näkkiä irti vaan vetivät verkon rantaan ja nostivat näkin verkkoineen ylös vedestä. He kuljettivat näkin melko kauas rannasta ja lukitsivat sen erään talon aittaan. Rannassa näkki oli riehunut ja repinyt verkkoa, mutta mitä kauemmas vedestä ehdittiin, sitä hiljaisemmaksi näkki kävi. Aittaan ehdittäessä se makasi velttona verkossa. Joku miehistä jo arveli sen kuolleen, mutta heillä ei ollut mitään keinoa todeta, oliko näkki elävä vai kuollut, joten he vain kantoivat sen aittaan ja lukitsivat oven.

Koko kylän voimin mietittiin useampana päivänä, mitä näkille tehtäisiin. Aitan seinässä oli pieni rako, ja siitä sekä lapset että aikuiset kävivät kurkistelemassa näkkiä. Näkin pyydystäneet miehet olivat kuvat olentoa tavallista miestä pitemmäksi, laihaksi vihreäksi mieheksi. Eräs näkkiä kurkistellut mies naureskeli, ettei näkki ollut paljon lasta isompi, eipä sellaisen pyydystäminen mikään kovin kummoinen uroteko ollut. Silloin kalastajat menivät aittaan katsomaan saalistaan ja näkivät, että aikaisemmin miehen kokoinen näkki oli selvästi kutistunut, se oli enää korkeintaan keskenkasvuisen pojan kokoinen. Seuraavana päivänä se oli pikkulapsen kokoinen, sitä seuraavana se oli kuin sylilapsi. Silloin eräs kylän naisista avasi aitan oven, meni sisään ja otti näkin syliinsä. Nainen kantoi näkin ulos. Joku aikoi astua estämään pelätessään, että nainen veisi näkin veteen, mutta nainen kantoikin näkin pihan aurinkoisimpaan kohtaan ja laski sen maahan.

– Äitini siskon hukutit, hän sitä suri koko ikänsä. Nyt saat rangaistuksesi, sanoi nainen.

Kylän väki kerääntyi näkin ympärille ja kaikki näkivät, miten se auringon lämmössä kutistui kutistumistaan, kunnes lopulta siitä ei ollut enää mitään jäljellä. Koko kylä riemuitsi, kun näkistä päästiin.

Seuraavana päivänä kyläläiset kummastelivat, miksi järven vesi kuohui niin, että se näytti aivan kiehuvan. Verkoilla käyneet kalastajat kertovat nähneensä kaksi vedenhaltiaa, jotka tappelivat niin kiivaasti, että vesi vaahtosi. Haltiat eivät kiinnittäneet mitään huomiota kalastajiin, tuskin edes huomasivat heitä. Kyläläiset ymmärsivät nyt, ettei näkin tuhoutuminen ollut muuttanut heidän kannaltaan mitään. Toiset vedenhaltiat olivat huomanneet hyvän paikan vapautuneen, ja nyt ne tappelivat siitä, kumpi saisi jäädä kyläläisiä hukuttamaan.

*

Eräässä toisessa kylässä sattui kerran, että kaunis veden neiti istui rantakivellä sukimassa hiuksiaan, kun paikalle saapui nuori mies, joka oli lähdössä verkkoja kokemaan. Poika ihastui ensi näkemältä kauniiseen tyttöön eikä heti tajunnut tätä veden asukkaaksi. He juttelivat jonkin aikaa, mutta sitten poika huomasi, että hän pitäisi lähteä, muuten jäisivät verkot kokematta. Hän pyysi tyttöä mukaan verkoille, ja tyttö lupasi tulla. Hän ei kuitenkaan noussut pojan veneeseen, vaan sanoi uivansa veneen vieressä. Silloin poika tajusi, ettei tyttö ollut ihminen, mutta hän oli jo niin rakastunut, ettei sillä ollut väliä.

Verkoilla tyttö auttoi poikaa saaliin keräämisessä ja kun he erosivat, he olivat jo sopineet uudesta tapaamisesta. Sen jälkeen he tapasivat melkein joka päivä joko rannassa tai vesillä verkkojen luona.

– Haluaisin viedä sinut kotiini, sanoi poika.

23

– Se olisi ihanaa, mutta näethän itse, että minä en voi maalla elää, kuiskasi tyttö. – Ihoni kuivuu ilmassa nopeasti, ja se tuntuu hyvin epämiellyttävältä.

Poika tuli surulliseksi ymmärtäessään nyt lopullisesti, ettei hän voisi koskaan elää tytön kanssa puolisoina. Heistä kumpikaan ei voisi elää toisen maailmassa, poika kuolisi vedessä ja tyttö maalla. Pojan ystävät näkivät pojan olevan kovin allapäin, ja kun he tarpeeksi kyselivät, poika kertoi kaiken. Pojan ystävät olivat aluksi hyvin hämmästyneitä, tällaista he eivät olleet kuulleet koskaan ennen tapahtuneen. Sitten he alkoivat miettiä, mitä asialle voisi tehdä. He kehittelivät monenlaisia suunnitelmia, mutta kaikissa niissä oli jotain vikaa. Lopulta he keksivät mielestään toimivan ratkaisun.

Sitten erään kerran, kun poika oli matkalla rantaan tapaamaan rakastettuaan, hän kohtasi yhden ystävistään, jolla oli hänelle tärkeää asiaa. Hän ei voinut kertoa asiaansa ulkona, joten he pujahtivat sisälle erääseen aittaan. Samassa aitan ovi sulkeutui ja poika kuuli, miten lukko loksahti kiinni ulkopuolella.

– Joudumme nyt odottamaan täällä vähän aikaa, sanoi ystävä. – Mutta kaikki on hyvin.

Poika oli hämmästynyt ja vihainen eikä kuunnellut toisten selityksiä, kun ovi jonkin ajan kuluttua avattiin. Hän juoksi suoraa päätä rantaan ja oli vähällä purskahtaa itkuun todetessaan, että tyttö oli jo mennyt. Hän olisi halunnut jäädä odottamaan, jos tyttö vielä palaisi, mutta hänen ystävänsä saivat hänet houkutelluksi mukaansa, kun he lupasivat paljastaa salaisuuden. Se ei kestäisi kauaa, ja sen jälkeen poika voisi palata rantaan, jos vielä haluaisi. Pojan kotona he esittelivät ylpeinä pojalle valmistamansa valtavan tynnyrin, joka oli täynnä vettä ja jossa oli vangittuna pojan rakastama veden neiti.

– Nyt sait hänet kotiisi, puhelivat pojat tyytyväisinä. He uskoivat pojan ilahtuvan ikihyväksi. Poika kiitti ystäviään hyvästä tarkoituksesta, mutta käski tovereittensa katsoa tyttöä. Eihän veden asukas toki voisi tynnyrissä elää, hänet pitäisi viedä takaisin järveen niin pian kuin suinkin. Pojat painoivat päänsä häpeissään nähdessään tytön itkevän tynnyrissä. Yhteisvoimin he raahasivat tynnyrin takaisin rantaan ja päästivät tytön veteen. Tyttö huusi rakkaalleen hyvästit ja muuttui suureksi kalaksi, joka pyrstöään heilauttaen katosi veteen. Poika ystävineen jäi ällistyneenä rannalle tuijottamaan.

Poika suri vedenneitoaan katkerasti, mutta lopulta hän kuitenkin löysi mukavan tytön ja meni naimisiin. Pariskunta sai monta lasta ja kerrotaan, että kun nämä lapsen olivat uimassa, kauempana vedessä ui aina pitkähiuksinen nainen, eikä kukaan lapsista joutunut ikinä näkin viemäksi.

*

Kerrotaan, että eräässä koskessa asuva vedenhaltia oli mestarillinen soittaja. Kuohuvan kosken keskellä oli iso kivi, ja monet olivat nähneet haltian istuvan kivellä soittamassa viuluaan. Haltian soitto kuului kauas ja houkutteli kuuntelijoita kosken rannalle. Ihmiset seisoivat tai istuivat viisaasti hiukan kauempana vesirajasta ainakin aluksi. Vähitellen kuitenkin joku kuulijoista siirtyi yhä lähemmäs soittajaa, kunnes lopulta astui veteen ja silloin kosken kuohut sieppasivat hänet mukaansa. Haltialle riitti yksi uhri kerrallaan, sen saatuaan se lopetti heti soittamisen ja sukelsi uhrinsa perään. Seuraavan kerran se tuli taas soittamaan halutessaan uuden uhrin, siihen saattoi mennä viikko tai useita kuukausia. Palattuaan haltia soitti viuluaan vaikka päiväkausia, kunnes sai uhrinsa.

Kerrottiin, että vedenhaltia suostui joskus opettamaan ihmisiä viulunsoitossa. Moni pelimanni halusi päästä soittamaan vedenhaltian kanssa ja saada sormiinsa vedenhaltian taitoa ja viuluunsa haltian soiton lumousta. Mutta vedenhaltia oli katala opettaja, sillä se yritti hukuttaa oppilaansa. Jotkut olivat kuitenkin onnistuneet eri keinoin pelastautumaan vedenhaltian käsistä, ja he olivatkin sitten mestareita, kaikkein taitavimpia soittoniekkoja.

Naapurikylässä asui Antti-niminen poika, joka soitti viulua. Hän oli taitava, mutta halusi oppia soittamaan vielä paljon paremmin. Antti oli kuullut vedenhaltiasta ja sen soittotaidosta, ja hän haaveili, että vedenhaltian opetuksella hänestä tulisi mestaripelimanni. Antti odotti hartaasti, että vedenhaltia nousisi taas kivelle soittamaan, ja hän pääsisi omin korvin kuulemaan, oliko haltia todella niin mestarillinen kuin kerrottiin. Antti oli pyytänyt ihmisiä tuomaan hänelle sanaa, kun haltia taas ryhtyisi soittamaan. Kun viesti tuli, Antti kiiruhti paikalle. Hän pelkäsi, että haltia ehtisi ottaa uhrinsa ja lakata soittamasta ennen kuin hän ehtisi soittoa kuulemaan.

Haltia soitti vielä Antin tullessa rantaan. Sen soitto oli iloista ja leikkisää, välillä se muuttui hetkeksi niin surulliseksi, että kuulijoille nousivat kyyneleet silmiin, ja sitten se taas jatkui

25

hilpeänä kuin kutsuen tanssimaan. Antti nosti viulun esille ja kaveli kohti rantaa, ja jo matkalla hän alkoi soittaa. Kun hän pääsi rantaan, hänen ystävänsä sitoivat hänet vyöstään kiinni rannan koivuun. Antti soitti, ja vedenhaltia soitti. He soittivat vuorotellen, ja he soittivat samanaikaisesti, yhdessä. Ihmiset kuuntelivat mykistyneinä erikoista konserttia, joka jatkui jatkumistaan. Lopulta vedenhaltia lakkasi soittamasta. Se odotti, kunnes myös Antti sai soittonsa loppuun, ja sitten se alkoi soittaa jotain niin ihmeellistä, ettei sellaista oltu koskaan ennen kuultu. Kun haltia lopetti, Antti pyysi sitä opettamaan hänelle myös nuo ihmeelliset soinnut. Haltia sanoi opettavansa vain, jos Antti tulisi hänen luokseen kivelle. Antin ystävät vastustelivat, kun Antti alkoi irrottaa itseään koivusta. He vakuuttivat, että Antti oli oppinut tarpeeksi. Hän oli nyt mestarisoittaja. Haltia hukuttaisi pojan heti, kun saisi tämän kyllin lähelle. Antti katsoi haltiaa ja totesi yksinkertaisesti, että tuo musiikki olisi sen arvoista. Hän kahlasi kuohujen läpi kosken kivelle ja asettui haltian viereen. Haltian pitkät vihreät sormet ohjasivat Antin soittoa, kun hän aluksi tapaillen, sitten yhä varmemmin alkoi soittaa tuota ihmeellisen taiturimaista sävelmää. Antti soitti kuin ei kukaan kuolevainen ennen häntä ollut soittanut; hänen soitossaan helisi kosken keväinen laulu ja jylisi sen syksyinen kuohu, soitossa välkkyivät kaikki veden värit ja vielä paljon sellaista, jolle ei ole sanoja. Kun soitto oli loppu, vedenhaltia tarttui Anttiin ja sukelsi poika mukanaan veden syvyyksiin. Lähinnä seisoneet vakuuttivat, että Antin kasvoilla välkkyi onnellinen hymy hänen kadotessaan kuohuihin. Mutta vedenhaltiaa ei sen jälkeen enää koskaan nähty soittamassa kosken kivellä.

Paimenessa

Pekka oli vasta ihan pikkupoika, ehkä sellainen kuusivuotias. Pekan äiti oli kuollut, mutta hänen isänsä oli mennyt uusiin naimisiin, ja Pekka oli jo saanut useita uusia sisaruksia. Pekka oli siis perheen lapsista vanhin. Isällä oli tapana kuljeskella ties missä, hän oli poissa pitkiä aikoja itään perheelleen. Kun naapuritalosta kysyttiin Pekkaa paimeneksi, äiti suostui mielellään. Pekan työpanoksesta luvattiin maksaa pari kappaa ruista syksyllä, kun sato olisi korjattu. Se ei ollut paljon, mutta auttoi, kun lisäksi kotona olisi yksi suu vähemmän syömässä.

Niinpä Pekka lähti taloon, jossa hänen oli määrä asua kesän ajan. Joka aamu hän veisi lehmät metsään, pitäisi niistä huolta päivän aikana ja toisi ne illalla kotiin lypsettäviksi. Ensimmäisenä aamuna emäntä antoi Pekalle eväsnyytin ja tuli neuvomaan lehmien ajamisessa. Emäntä taittoi pellonreunan pajupensaasta pitkän oksan, jolla Pekka saisi hätistellä lehmiä oikeaan suuntaan. Emäntä sai lehmät liikkeelle ja ne lähtivät löntystelemään tuttuun suuntaan. Pekka seurasi perässä oksineen.

Lehmät lönköttelivät metsän laitaan, jossa ne pysähtyivät syömään ruohoa. Emäntä oli kuitenkin käskenyt viedä lehmät kauemmas metsään, joten Pekka yritti oksaansa huiskien saada eläimet liikkeelle. Hän oli iloinen siitä, että oksa oli pitkä, koska häntä pelotti mennä suurten lehmien lähelle. Lienevätkö Pekan huudot ja oksan huiskinta auttaneet, vai halusivatko lehmät itse siirtyä syvemmälle metsään, joka tapauksessa ne lähtivät liikkeelle. Lehmät etenivät sen verran, että Pekka saattoi helpotuksesta huokaisten todeta olevansa karjoineen riittävän pitkällä metsässä.

Lehmät olivat isoja ja sarvekkaita. Pekka mietti, ettei hän mitenkään pystyisi estämään lehmiä menemästä sinne, minne ne halusivat. Jos ne vaikka päättäisivät juuri nyt kääntyä ja palata kotiin, Pekka ei voisi tehdä mitään muuta kuin juosta perässä.

Pekan iloksi lehmät eivät lähteneet kotiinpäin, vaan liikuskelivat hiljakseen ja jonkin ajan kuluttua ne asettuivat märehtimään. Molemmat vasikat hyppelivät vielä vähän aikaa, sitten nekin hakeutuivat emojensa viereen. Silloin Pekka hengähti helpottuneena ja istuutui itsekin pehmoiselle mättäälle. Hän kurkisti eväsnyyttiinsä ja ilostui huomatessaan siellä olevan leivän lisäksi myös hiukan suolakalaa. Pekka oli saanut aamulla talossa puuroa, mutta nyt alkoi jo olla nälkä. Pekka ei osannut arvioida, kauanko hän oli ollut metsässä, eikä hän osannut katsoa aikaa

27

auringosta. Iltaan voisi olla vielä pitkä aika, mutta kyllä hän jo nyt vähän maistelisi eväitään. Pekka oli tottunut kotona siihen, että joka leivänpalaa jaettiin moneen osaan ja heti ruoan jälkeen oli jo nälkä. Oli ihan ihmeellistä taittaa leivästä pala toisensa jälkeen ihan itselleen, ja suolakala leivän päällä maistui aivan taivaalliselta. Pekka ei oikein huomannutkaan, kun hän oli jo syönyt kaikki eväänsä. Hän kävi juomassa läheisestä lähteestä, josta oli nähnyt lehmienkin juovan, ja käveli sitten hetken lehmien välissä varoen kuitenkin menemästä kovin lähelle. Täysi vatsa raukaisi, ja eläimet vaikuttivat rauhallisilta. Pekka oikaisi itsensä puun varjoon ja sulki silmänsä pikku hetkeksi.

Kun Pekka heräsi, oli jo hämärää, eikä lehmiä näkynyt missään. Pekka hätääntyi ja alkoi itkeä. Hän oli kuullut, miten edellisenä kesänä paimen oli nukkunut ja sillä aikaa lehmä oli mennyt suohon ja katkaissut jalkansa. Isäntäväki oli vaatinut paimenta maksamaan lehmän hinnan. Äitipuoli oli erikoisesti varoittanut, ettei Pekka saisi antaa karjalle tapahtua mitään vahinkoa, koska he eivät pystyisi sitä korvaamaan. Ja nyt kaikki eläimet olivat kadonneet, ehkä suohon, ehkä petojen suihin!

Aikansa itkettyään Pekka totesi, ettei hän voinut muuta kuin lähteä etsimään karjaansa. Ehkä eläimet olisivat vielä pelastettavissa! Pekka lähti reippaasti kulkemaan syvemmälle hämärtyvään metsään. Ellei hän olisi ollut niin huolissaan lehmien takia, häntä olisi luultavasti pelottanut kovasti, mutta nyt hän edes huomannut pelätä kulkiessaan eteenpäin lehmiä huhuillen.

Yhtään lehmää ei näkynyt, ei edes sorkanjälkiä, eikä ammumistakaan kuulunut. Metsässä alkoi olla niin hämärää kuin kesäyönä voi olla. Pekan oli pysähdyttävä, koska hän ei enää erottanut polkua. Hän uskoi osaavansa tien takaisin taloon, mutta hän ei voisi mitenkään palata ilman ainoatakaan lehmää. Niinpä Pekka kyyristyi suuren kuusen oksien suojaan odottamaan aamua, jolloin hän voisi jatkaa etsintäänsä. Alkukesän yö oli viileä, ja metsästä kuului monenlaisia pelottavia ääniä. Kävelystä väsynyt poika kuitenkin nukahti lopulta, ja hän heräsi auringonsäteen paistaessa havujen lomasta suoraan hänen silmiinsä.

Pekka lähti taas liikkeelle. Aamupuuro olisi maistunut, mutta hän oli tottunut siihen, että päivä piti joskus aloittaa tyhjin vatsoin. Pekka kulki ja huuteli, huuteli ja kulki, mutta turhaan. Välillä hän pysähtyi juomaan lähteestä tai purosta, kun sellainen tuli vastaan. Välillä hän vähän itkikin, kun hän alkoi uskoa, ettei lehmiä löydy.

Nälkäkin oli, eikä metsässä vielä ollut mitään ihmiselle sopivaa syötävää. Pekka pureskeli havunneulasia ja ajatteli, että hänelle on oikein kuolla nälkään, kun ei pitänyt huolta hoitoonsa uskotuista eläimistä. Pikku vasikatkin on varmaan jo susi syönyt. Äkkiä Pekka havahtui kuuntelemaan. Aivan selvästi hän kuuli ammumista! Pekka kiiruhti ääntä kohti ja näki lehmän, joka oli juuttunut oksaryteikköön ja ammui surkeasti. Muita lehmiä ei näkynyt, mutta hyvä oli, että edes yksi oli pelastunut! Lehmä oli iso, mutta urheasti Pekka ryhtyi kiskomaan oksia sen ympäriltä. Pelottavaa oli kyykistyä lehmän alle, mutta sen koivet olivat niin tiukasti oksissa kiinni, että Pekan oli pakko kurottua alas irrottamaan ja katkomaan oksia. Sarvensa lehmä sai itse kiskaistua vapaaksi, kun Pekka oli saanut sen muuten irrotettua.

Pekka ei tiennyt aivan varmasti, mihin suuntaan olisi pitänyt lähteä, mutta lehmä näytti tietävän, joten Pekka seurasi sitä huudellen samalla, jos vaikka toinenkin lehmä vielä löytyisi. Kun Pekka tuli lehmineen metsänrajaan, hän ällistyi, sillä kylä näytti aivan erilaiselta kuin ennen. Pekka seurasi lehmää, joka kiirehti askeliaan. Lehmä päätyi aivan vieraan talon pihaan.

– Hyvänen aika, sehän on Lystikki, jonka jo luulimme joutuneen suohon tai suden suuhun!

Lehmä ammui valittaen täysiä utareitaan, joten emäntä kiirehti sitä lypsämään. Talon väkeä tuli Pekkaa ihmettelemään ja kiittämään kadonneen lehmän löytämisestä. Pekka tiesi kertoa kotikylänsä nimen, ja hänelle neuvottiin sinne tie. Ennen lähtöään Pekka sai ruokaa talon pöydässä ja isäntä lupasi tulla tuomaan löytöpalkkion lehmästä myöhemmin.

Pekka käveli metsätietä kotikyläänsä kohti aluksi iloisena, mutta sitten yhä surullisempana. Olihan hän löytänyt yhden lehmän, mutta kadottanut koko lauman. Mutta taloon päästyään Pekka näki hämmästyksekseen talon lehmät niityllä. Talossa otettiin Pekka ilolla vastaan. He olivat pelänneet pojan puolesta, kun lehmät olivat tulleet yksinään kotiin. Tänään eläimet oli jouduttu jättämään niitylle, kun ei paimenta ollut. Pekka lupasi jatkaa paimenena, jos hän vain vielä kelpaisi, ja tarjous hyväksyttiin. Koko kesän Pekka paimensi karjaansa huolellisesti ja valppaana. Hän ei enää pelännyt lehmiään, vaan komenteli niitä reippaasti, kun sitä tarvittiin. Syksyllä paimenen pesti loppui ja Pekka vei kotiin palkkansa, josta leivottiin monta hyvää leipää. Ja vähän myöhemmin syksyllä tuli naapurikylästä isäntä tuomaan lehmän

29

löytöpalkaksi monenlaisia ruokatarvikkeita, joista riitti perheelle syötävää pitkäksi aikaa.

*

Paimenille saattoi tapahtua mitä kummallisempia asioita. Kerran eräs paimentyttö huomasi, että paimennettavien lehmien joukossa oli useita kookkaita, valkoisia lehmiä. Hän oli kuullut tarinoita maahisten karjasta ja arveli, että valkoiset lehmät saattaisivat olla sellaisia. Illalla, kun tyttö lähti viemään karjaansa kotiin, hän erotti valkoiset lehmät joukosta ja lähti kuljettamaan vain omia paimennettaviaan. Hän arveli, että maahiset hakisivat itse karjansa metsästä, eihän niitä voisi kylään viedä. Vähän ennen, kun tyttö tuli metsästä kylän laitaan, hän näki maahiseukon, jolla oli lehmä mukanaan. Eukko antoi lehmän tytölle palkaksi, kun tämä oli paimentanut myös hänen karjaansa, mutta jättänyt lehmät kauniisti illalla metsään. Tyttö ilahtui kovasti, sillä vaikka hän paimensi kylän lehmiä kaiket päivät, hänen kotonaan ei ollut yhtään lehmää. Eukko antoi tytölle neuvon, että lypsäisi lehmän ensimmäisellä kerralla isoon astiaan, niin lehmä antaisi myöhemminkin joka lypsyllä yhtä ison astiallisen maitoa.

Tyttö vei paimentamansa lehmät niiden omistajille ja kiiruhti sitten kotiinsa valkean lehmän kanssa. Tytön äiti ja pikkusisarukset hämmästyivät, kun tyttö tuli kotiin lehmä mukanaan. Ja vielä enemmän he ihmettelivät, kun tyttö otti ison astian ja lypsi astian täyteen. Siitä lähtien perhe sai niin paljon maitoa, että sitä riitti myytäväksikin.

Kylän taloissa oli huomattu, että tytön mukana metsässä oli uusi lehmä, iso ja hyvälypsyisen näköinen. Kun joku kylän emännistä osui asiaa ihmettelemään juuri lypsyaikaan, hän näki, että lehmä lypsi valtavan määrän kermaista maitoa. Paimentyttö kertoi avoimesti saaneensa lehmän maahiseukolta. Emännät alkoivat haluta samanlaista lehmää. He arpoivat, kuka saisi lähteä paimeneen tytön sijasta, ja onnekas emäntä lähti paimeneen käskien piikojensa varata isoja astioita uuden lehmän lypsämistä varten.

Emäntä kiersi lehmien kanssa metsässä koko päivän, mutta ei nähnyt yhtään valkoista lehmää. Sama toistui toisena päivänä. Kolmantena päivänä laumassa oli useita maahisten lehmiä. Illalla emäntä erotteli lehmät paimentytön neuvon mukaan. Hän lähti ajamaan kylään päin ihmisten lehmiä, mutta jätti maahisten lehmät metsään. Vähän ennen kylää emäntäkin tapasi maahiseukon, joka toden totta antoi emännalle pulskan valkoisen lehmän. Emäntä riemuitsi mielessään ja kiiruhti kotia kohti. Hän muisteli, miten kermaista paimentytön lehmän maito oli, ja hänen teki mieli nähdä, olisiko hänen lehmänsä maito yhtä sakeaa. Hänellä oli mukanaan tuohilippi vedenjuontia varten, siihen hän vetäisi utareesta herkulliset maistiaiset. Kyllä oli kermaista! Kotona emäntä tajusi pettymyksekseen, että hän oli metsässä lypsänyt lehmänsä tuon merkittävän ensimmäisen kerran. Iso, kaunis lehmä lypsi siitä lähin vain pienen tilkkasen maitoa.

Emäntä oli kiukuissaan ja halusi lähteä pyytämään uutta lehmää, mutta toiset emännät halusivat saada ensin vuoronsa. Toinen emäntä lähti paimeneen, ja kolmantena päivänä laumaan tuli taas valkeita lehmiä. Emäntä lähti illalla kohti kotia kylän karjan kanssa, maahisten lehmät jäivät metsään. Tämäkin emäntä sai maahiseukolta lehmän. Emäntä vei lehmänsä kotiin ja alkoi lypsää. Hän oli varannut saaveja ja kaikenlaisia muita astioita niin paljon kuin löysi, ja hän lypsi lypsämistään. Innoissaan emäntä ei heti huomannutkaan, kun maahiseukko oli ilmestynyt hänen viereensä. Eukko moitti emäntää lehmän kiusaamisesta ja sanoi, ettei jätä lehmäänsä tuollaiselle emännälle. Vaikka emäntä yritti vastustella, eukko vei lehmän mennessään eikä emännälle jäänyt muuta kuin saavikaupalla maitoa.

Kolmas emäntä lähti vuorostaan paimeneen. Hänkään ei nähnyt maahisten karjaa ensimmäisenä eikä toisena päivänä, mutta kolmantena päivänä kylän lehmien joukossa oli monta muhkeaa, valkoista lehmää. Emäntään iski ahneus. Hän veisi mukanaan kaikki nuo valkeat lehmät! Ne kulkivat säyseästi muun lauman mukana, kun emäntä lähti ajamaan laumaa kotiinpäin. Hän ei malttanut edes odottaa ihan iltaan saakka pelätessään, että maahisten lehmät lähtisivät omille teilleen.

Ennen kuin emäntä ehti kylään, maahiseukko tuli vastaan.

– Minne olet viemässä minun karjaani? kysyi eukko raivostuneena.

Emäntä ei oikein osannut vastata, soperteli vain jotakin. Maahinen lähti karjoineen, eivätkä sen kylän paimenet nähneet enää koskaan maahisten karjaa kylän lehmien joukossa.

Poika ja metsänneito
Kerran neljä metsästäjää pysähtyi yöksi metsäaukealle. He olivat kulkeneet metsässä koko päivän, ja nyt heillä oli aikomus yöpyä metsässä ja aamulla lähteä kiertämään toista reittiä kohti kotia, samalla tietysti saalista tähyten. Miehet kokosivat risuja ja sytyttivät nuotion, valmistivat iltasta ja asettuivat lepäämään. Metsästäjistä kolme oli aikuisia, kokeneita miehiä, neljäs oli aivan nuori, poika vasta. Yksi vanhemmista metsästäjistä oli pojan isä. Hän oli koko päivän pitänyt huomaamatta silmällä poikaansa, sillä tämä, hänen nuorimpansa, oli ensimmäistä kertaa miesten kanssa pitkällä metsästysretkellä. Hyvin poika oli pärjännyt, oli jaksanut kulkea muitten mukana, ollut hiljaa silloin kun piti ja kiinnostunut oppimaan, kun joku halusi näyttää jotain. Mies oli salaa pojastaan ylpeä.
Miehet istuivat jonkin aikaa nuotiolla tarinoimassa ennen kuin ryhtyivät nukkumaan. Kerrottiin juttuja aikaisempien metsästysretkien sattumuksista, joita oli tapahtunut itselle tai joista oli kuultu. Muisteltiin kuuluisien karhunkaatajien ja taitavien sudenmetsästäjien retkiä. Joku kertoi retkestä, jolloin oli saatu uskomattoman hyvä saalis, toinen muisteli kertaa, jolloin saalista oli ajettu päiväkausia, mutta ei ollut saatu kaadetuksi mitään. Tästä kiertyi puhe metsän asukkaisiin, haltioihin, henkiin ja metsänneitoihin. Miehet tiesivät yhden jos toisenkin, joka oli kokenut metsissä merkillisiä asioita, ja he pohtivat, olivatko moiset olennot ihmisen lailla luotuja vai paholaisen tekosia. Nuotiolla makaava poika kuunteli jännityksellä tarinan toisensa jälkeen kunnes lopulta uni voitti. Kun miehet huomasivat pojan nukahtaneen, hekin pitivät parhaana asettua yöpuulle. Yksi miehistä jäi istuskelemaan nuotiovahdiksi.
Yöllä miehet heräsivät vartijansa huutoon. Nuotiota valvovan miehen vieressä seisoi nainen, joka kohotti hameensa helmoja paljastaen pitkät säärensä. Nainen nauroi härnäävästi, ja mies huusi häntä häviämään kaikkien pyhien nimessä. Nainen nauroi edelleen ja nosti hamettaan vielä ylemmäs yllyttäen miestä katsomaan hänen salaisimpia paikkojaan. Mies peitti silmänsä ja yritti katsoa sivuun, mutta aina vain nainen esitteli itseään hänen silmiensä edessä. Lopulta mies tempaisi nuotiosta kekäleitä ja heitti niillä naista. – Häviä, rietas, hän huusi. – Mene sinne, mistä tulitkin!

32

Nainen päästi kiukkuisen sähinän, pudotti hameensa alas ja kääntyi ois. Miehet näkivät, että kaunis nainen olikin takaapäin kuin kuivunut puun runko.
– Ei olisi pitänyt illalla puhua metsänneidoista, kuiskasi yksi miehistä. – Varmaan tuo kuuli juttumme ja sen vuoksi tuli nuotiolle. Tiedetäänhän, että monenlaiset olennot kuulevat kutsuna, jos niistä ääneen puhutaan.
– Olipa tuo rietas, kun oikein hametta noin nosti, kummasteli toinen. – En ole koskaan kuullut, että metsänneidot ihan noin innokkaita ovat, vaikka tarinoiden mukaan joskus kai metsämiehen viereenkin ovat tulleet.
– Nätti se oli edestä päin, mutta näittekö takaa, kuiskasi poika peloissaan. – Se oli kuin joku ontto, laho kanto.
– Niin, ei aina kannata uskoa todeksi kaikkea, mitä näkee, vahvisti pojan isä. – Mutta eiköhän jo nousta ja lähdetä liikkeelle, kun kaikki ovat jo hereillä kuitenkin. Toivottavasti nuo kekäleet eivät suututtaneet metsän tyttöä niin, että se ajaa saaliin piiloon tieltämme.
Miehet alkoivat koota varusteitaan ja heistä jokainen mietti itsekseen, mitä olisi saattanut tapahtua, jos juuri hän olisi ollut yksinään nuotiolla. Joku mietti huolissaan, että metsän asukkaalle olisi pitänyt olla kohteliaampi, olihan saalis aina kiinni metsän suopeudesta. Myös poika näki pitkään pelottavia ja ihania unia metsänneidoista, jotka tulivat joskus joukolla, joskus yksittäin hänen nuotiolleen.
*
Nuotiolla mukana ollut poika oli jo kasvanut aikuiseksi mieheksi. Hän oli rauhallinen ja hiljainen mies, vähän verkkainen toimissaan, mutta aina luotettava ja teki sen mitä piti. Hän asui edelleen lapsuutensa kotimökissä veljiensä ja näitten perheitten kanssa. Puolisoa hän ei ollut vielä löytänyt, vaikka mieluusti ajatteli, että sellainenkin vielä joskus kohdalle osuu.
Mies oli lähtenyt hiukan talvimetsälle, ei niinkään saaliin perään vaan omaksi ilokseen, vaikka sellaista ei tietenkään ollut hyvä ääneen mainita. Hän oli hiihtänyt koko päivän, nähnyt paljonkin jälkiä mutta ei ollut vielä saanut saalista. Hän ei kuitenkaan ollut huolissaan, huomenna hän varmaan saisi jotain, ehkä linnun tai jäniksen, eikä hänen tarvitsisi palata kotiin tyhjin käsin. Oli mukavaa hiihdellä rauhallisessa metsässä, hiljaisuudessa, kerrankin yksin. Kotona oli tietysti hyvä olla, mutta siellä heitä oli

paljon. Miehen lisäksi koton asuivat molempien veljien perheet sekä äiti ja sisar. Veljien lapset olivat siivoja ja mukavia, mutta lähteehän lapsista aina ääntä. Ylimpänä kuului tavallisesti äidin ääni hänen komennellessaan lapsia ja miniöitään, ja välillä sisko riiteli äänekkäästi kälyjensä kanssa jonkin tavaran oikeasta paikasta tai jostain muusta ainakin miesten mielestä täysin turhasta asiasta. Metsässä ei tarvinnut ottaa kantaa kenenkään riitoihin eikä muutenkaan kuunnella turhanpäiväistä pörpötystä. Metsän kuunteleminen oli toisenlaista. Mies kävi kesäisin veljiensä kanssa kalassa, he viipyivät rannalla useita päiviä, perkasivat ja suolasivat kalat siellä. Iltaisin istuttiin nuotiolla, juteltiin niitä näitä, nautittiin kesäillan rauhasta. Metsällekin veljet lähtivät mielellään, ja yhteisiä metsästysretkiä tehtiin aina toisinaan. Näin talvella mies liikkui kuitenkin metsässä mieluummin yksin. Kotona ei ollut mitään erityisen tähdellistä tehtävää, ja vaikka ruokaa oli joka päivä pöydässä riittävästi, metsästäjän saalis toi vaihtelua ja otettiin ilolla vastaan.

Mies sytytti nuotion kuten isä ja muut metsästäjät olivat häntä opettaneet. Hän keräsi polttopuuta nuotiota varten ja katkoi havuja vuoteekseen. Hän järjesti havut pehmikkeeksi sopivan lähelle, että nuotion lämpö tuntui, mutta tarpeeksi kauas, ettei ollut vaaraa vaatteitten syttymisestä. Vuoteeksi mies avasi käärönä kuljettamansa karhuntaljan. Tätä karhua kaatamassa oli ollut iso metsästäjäjoukko, mieskin oli ollut mukana. Karhu oli vienyt useita lampaita ja yhden vasikan, joten oli järjestetty koko kyläkunnan yhteinen jahti. Isä oli silloin vielä ollut täysissä voimissaan, juuri hän tappanut karhun ja saanut taljan. Isä oli myöhemmin antanut taljan pojalleen, ehkä muistoksi tämän ensimmäisestä karhunkaatoretkestä. Isällähän oli useita karhuntaljoja ennestään, hän oli kaatanut monta karhua yksin ja yhdessä parin muun metsästäjän kanssa. Tuohon aikaan isä oli aivan terve ja hyvässä kunnossa, mutta seuraavana syksynä hän oli kesken sadonkorjuun yhtäkkiä kaatunut maahan. Koko talven hän poti sängyssään, ei päässyt pystyyn, ei saanut tulemaan kunnon puhetta. Kevään tullen hän sitten kuoli, ja kaikki olivat salaa helpottuneita. Jokaiselle oli tullut selväksi, ettei isä enää paranisi entiselleen eikä lähellekään sitä. Kuolema oli metsämiehelle parempi vaihtoehto kuin eläminen vuodepotilaana ilman oikeaa elämää, vaikka eihän sellaista kukaan halunnut sanoa ääneen.

Metsässä oli hämärää, jostain kuului huhuilua, ehkä pöllön huuto. Metsämies lisäsi nuotion pari kannonkarahkaa, jotka varmaan palaisivat aamuun saakka ja lähettyville hän oli varannut kasan risuja, joilla hän saisi nuotion lieskat nopeasti nousemaan, jos olisi tarpeen. Suden jälkiä hän ei lähistöllä ollut nähnyt eikä hän uskonut susien nuotiolle rohkenevan, mutta varasi silti aseensa käden ulottuville. Hän asettui vuoteelleen ja etsi hetken hyvää asentoa. Kun ruumis asettui mukavasti, mies rentoutui ja nautti olostaan. Taivas oli kirkas, mies näki tuhansia tähtiä ja kuun, joka oli melkein täysi.

Mies ei ollut varma, oliko jo ehtinyt nukahtaa, kun hän havahtui johonkin. Juuri nuotion valopiirissä seisoi joku. Hahmo lähestyi nuotiota, kyyristyi ja ojensi käsiään nuotion lämpöön. Se oli nuori nainen, pitkät ruskeat hiukset letillä, varovainen, melkein arka katse. Selvästi valmiina vetäytymään pois, pakenemaan. Metsänneito?

Mies muisti, miten hän oli nuorukaisena nähnyt metsänneidon. Hän oli ollut kolmen vanhemman miehen mukana metsällä, se oli ollut hänelle ensimmäisiä kertoja niin pitkällä metsästysretkellä, että metsässä yövyttiin. Yöllä heidän nuotiolleen oli tullut nainen, joka oli nostellut helmojaan ja näytellyt rivosti paikkojaan. Nuotiota vahtiva Taito oli ajanut metsän asukkaan pois ja huudellut rumia nimiä tämän perään. Metsänneito oli ollut edestäpäin kaunis, mutta takaa kuin ontto puunrunko tai laho kanto. Olisiko tämäkin tyttö sellainen? Suloisen näköinen tyttö oli ainakin edestäpäin katsottuna. Hän näytti palelevan ja kurkotteli käsiään lähemmäs rätisevää nuotiota, josta nousi ilmaan pieniä hehkuvia hitusia.

– Neiti, varokaa hamettanne, ettei syty palamaan, varoitti hämmentynyt mies nähdessään nuotion tulihiutaleitten osuvan tytön pitkiin, vihertävän helmoihin. Tyttö veti helmojaan kauemmas nuotiosta mutta ei itse siirtynyt pois. Hän katseli miestä yhtä aikaa ujon ja uteliaan näköisenä. Sitten hän alkoi puhua:

– Sinä vaikutat kiltiltä ja minua niin palelee. Saisinko tulla hetkeksi lämmittelemään viereesi taljan alle?

Tytön ääni oli hiljainen ja hän todella näytti olevan hyvin kylmissään. Ei mies oikein osannut kieltääkään. Tyttö tuoksui metsältä, kun hän pujahti miehen viereen karhuntaljan lämpöön. Mies haistoi havupuut ja suopursun, tytön hiusten tuoksu toi mieleen kesäisen kanervamättään. Mies kiersi kätensä tytön ympärille ja tämä naurahti tyytyväisenä painautuessaan miehen lämpimään kainaloon.

Aamulla nuotio oli palanut melkein loppuun. Tyttö oli poissa, mutta suopursun ja kanervan tuoksu leijui vielä miehen ympärillä. Mies ei ollut mikään laulelija, mutta hän tunsi melkeinpä tapailevansa jonkinlaista hyräilyä varusteita pakatessaan. Hyvä mieli jatkui vielä kotonakin, mutta mies antoi kotiväen uskoa tyytyväisyytensä johtuvan kotimatkalla saadusta lihavasta metsosta ja jäniksestä, joista saataisiin monta maukasta ateriaa. Jotkut miehet olisivat ehkä ylpeillenkin kertoneet oudosta kohtaamisesta, mutta mies halusi pitää tytön salassa, ajatella tätä vain omassa mielessään. Hän haaveili joskus tapaavansa tytön uudelleen, mutta tiesi, ettei niin tulisi tapahtumaan. Metsänneidot eivät seurustele ihmismiesten kanssa, heillä on omat tapansa ja tiensä, jotka kohtaavat ihmisten kanssa vain harvoin ja sattumalta. Mutta toivoahan aina voi. Vähitellen muisto haalistui, ja mies alkoi ajatella, että koko tapahtuma oli ehkä ollut pelkkää unta.

*

Metsänneidot eivät tavallisesti saa lapsia, nehän ovat kuolemattomia eivätkä lisäänny. Joskus, hyvin harvoin, kuitenkin sattuu niin, että metsänneito tulee raskaaksi ja lapsen isä on metsässä tavattu ihminen. Jos syntyy tyttölapsi, metsänneidot voisivat sen omanaan kasvattaa, mutta helpompaa on kaikille, jos lapsi silloinkin annetaan ihmisten kasvatettavaksi. Poikalasta metsänneito ei tietenkään voi pitää, sehän olisi mahdotonta.

Kuten jo olet arvannut, tällä kertaa kävi niin, että metsänneito sai lapsen. Ennen lapsen syntymää neito pyyteli itkien sisariltaan, että saisi pitää lapsen luonaan jonkin aikaa, edes muutaman kuukauden, mutta toiset metsänneidot kielsivät. Kaikki muistivat vanhan tapauksen eräästä metsänneidon pojasta, joka ei koskaan sopeutunut ihmiselämään. Poika oli hyvin vahva ja rikkoi kaiken, mihin tarttui sekä lapsena että myöhemmin aikuisena. Hän ei itsekään ymmärtänyt, mitä teki väärin, mutta oikein missään asiassa hän ei osannut olla sen paremmin metsän väen kuin ihmistenkään tavoin. Sellaista kohtaloa neito ei omalle lapselleen halunnut, joten sovittiin, että sisaret vievät lapsen sen isälle heti sen synnyttyä. Neidot valmistivat oksista ja heinistä korin, johon lapsi heti pantaisiin, ettei metsän väen tarvitsisi kosketella lasta yhtään enempää kuin oli pakko. He toivoivat, että lapsi pystyisi omaksumaan ihmistavat ja kasvamaan ihmislapsena, vaikka hänessä olikin metsän kansan perimää.

Poika syntyi, ja neidot kuljettivat korin ihmisten mökin ovelle. He kolkuttivat oveen ja pujahtivat piiloon, kun kuulivat ovea avattavan. Aika hälinä talossa syntyi, kun vastasyntynyt löydettiin. Jokainen kolmesta veljeksestä vakuutti, ettei tiennyt asiasta mitään. Lapsi itki nälissään. Vanhimman veljen vaimo imetti vielä melkein vuoden vanhaa nuorimmaistaan, joten hän otti lapsen rinnoilleen ja ruokki sen. Kun nuorin veljeksistä tuli katsoneeksi lasta, hän näki lapsen kasvoissa metsänneidon silmät ja tajusi, että lapsi oli hänen. Hän ilmoitti ottavansa lapsen omakseen. Lapsen äidin hän kertoi olevan joku satunnainen kulkija, jonka hän kerran tavannut ja josta hän ei ollut uskonut sen koommin kuulevansa. Ilmeisesti hän oli kuitenkin tullut nimensä kertoneeksi, kun lapsi oli osattu tuoda tänne, naisen nimeä hän ei muistanut edes kuulleensa, kertoili hän. Mies ei halunnut kertoa koko totuutta, koska hän arveli, että metsänneidon poikana lasta vieroksuttaisiin tai ehkä veljet peräti kieltäisivät ottamasta moista lasta taloon. Hän antoi lapselle nimeksi Verso. Nimi tuntui perheestä kummalliselta nimeltä pikkupojalle, mutta kun isä piti nimeä sopivana, toisetkaan eivät vastustelleet.

Lapsesta kasvoi sievä ja herttainen poika, josta kaikki pitivät. Hän ei juuri koskaan riidellyt toisten lasten kanssa eikä inttänyt aikuisille vastaan. Hänen oli kuitenkin vaikea seurata ohjeita ja toimia käskyjen mukaan. Kun hänet lähetettiin korin kanssa kanalaan munia keräämään, hän saattoi matkalla innostua kiipeämään pihakoivuun ja kori unohtui puun juurelle. Tultaan alas puusta hän ei enää muistanutkaan tehtävää saaneensa, vaan juoksi mukaan toisten lasten leikkiin. Kun häntä nuhdeltiin, hän pyysi nöyrästi ja vilpittömästi anteeksi. Yleensä hän myös sai helposti anteeksi, kun hän kyynelsilmin pyysi ja lupasi parantaa tapansa. Toiset lapset saivat kyllä silloin tällöin tukkapöllyä tai risusta kintuilleen, mutta katsoessaan pojan kirkkaisiin silmiin perheen aikuisten oli vaikea rangaista häntä.

Tulta Verso pelkäsi koko ikänsä, eikä mielellään kantanut tupaan edes polttopuita. Tulella keitetty puuro hänelle kyllä maistui, ja hän kasvoikin kookkaaksi ja vahvaksi. Kun talon vanhimmat lapset alkoivat opetella lukemaan, myös nuoremmat saivat opetella kirjaimia. Versolle se tuntui olevan kovin vaikeaa. Aikuiset sitä hiukan ihmettelivät, olihan poika muuten kovin nokkela ja

37

hyvämuistinen. Kirjaimet eivät vain tuntuneet jäävän hänen päähänsä, eikä hän myöhemminkään oikein tuntunut ymmärtävän lukemisen ideaa. Tästä ei kukaan kuitenkaan ollut erityisen huolissaan, eihän maalaispojan lukutaito nyt ollut kovin merkittävä asia. Varmaan poika aikanaan oppisi sen verran, että naimaluvan saisi.

Eräänä päivä tapahtui jotain kummallista, kun lapset leikkivät piilosta. Hyvää piilopaikkaa etsiessään Verso pujahti ison tammen taakse ja painautui puuta vasten. Hämmästyksekseen hän huomasi painuvansa puun sisälle. Hän oli siellä mukavasti piilossa ja häntä nauratti, kun etsijä juoksi vierestä häntä huomaamatta.

Aikanaan lapset lopettivat piiloleikin ja rupesivat leikkimään muuta. Vasta nukkumaan mennessä ihmeteltiin Verson poissaoloa. Silloin lapset muistivat, ettei poikaa ollut näkynyt piiloleikin jälkeen. Häntä etsittiin pihalta ja kaikista rakennuksista, huudeltiin ja kolisteltiin, jos poika olisi sattunut piiloonsa nukahtamaan. Miehet kävivät huutelemassa metsän laidassakin, mutta eivät sentään lähteneet öiseen metsään etsimään. Seuraavana päivä poikaa etsittiin sekä kotinurkista että metsästä. Kylältäkin poikaa kyseltiin, ja useita kyläläisiä osallistui etsintöihin, mutta pojasta ei löydetty jälkeäkään. Lopulta oli pakko uskoa, että poika oli juossut metsään, eksynyt ja joutunut petojen saaliiksi. Talossa surtiin kovasti, poika oli ollut kaikille mieluinen. Verson isä ajatteli kuitenkin, ettei poika varmaan metsässä eksyisi, olihan hän metsänneidon lapsi. Tästä hän ei kuitenkaan puhunut mitään muille.

Sillä aikaa Verso nukkui puun sisällä. Kun hän oli tajunnut, ettei hän pääse pois, hän oli yrittänyt huutaa ja rimpuilla, mutta lopulta hän oli uupuneena nukahtanut. Hän ei tiennyt mitään etsinnöistä, hän vain nukkui puun sisällä päivästä toiseen. Eräänä yönä hänen äitinsä hiipi talon pihapiiriin. Metsänneitoa ihmisten asumus pelotti, mutta hän voitti pelkonsa, koska hänellä oli vahva tunne siitä, että hänen poikansa tarvitsi häntä.

Yöllä myös pojan isä tunsi olonsa levottomaksi ja käveli ulos. Hän näki metsänreunassa kurkistelevan metsänneidon, ja miehen tuntiessaan neito uskaltautui pihalle. Neito katseli etsivästi ympärilleen ja käveli sitten päättäväisesti tammen luokse. Hän laski kätensä rungolle ja puhui jotain, josta mies ei saanut selvää. Mies katsoi ällistyneenä, miten Verso alkoi työntyä ulos puun rungosta. Poika räpytteli silmiään hämmästyneenä. Hän näki isänsä ja tämän seurassa kauniin nuoren tytön. Isä kertoi pojalle tytön olevan metsänneito ja hänen äitinsä, joka oli tullut pelastamaan poikansa puusta. Miehen ja pojan pyynnöistä huolimatta metsänneito kiiruhti nopeasti takaisin metsään eikä kumpikaan heistä nähnyt neitoa enää koskaan. Poika yritti joskus päästä uudelleen puun sisälle, mutta ei koskaan enää onnistunut siinä. Muutenkaan hänessä ei enää aikuistuessaan ollut mitään kovin poikkeuksellista, mutta metsällä hän oli erikoisen taitava löytämään ja tunnistamaan eläinten jälkiä.

Karhun tytär

Kerran oli eräs nuori nainen, Kerttu nimeltään, joka asui vanhassa kotitalossaan veljensä Toivon perheen kanssa. Kerttu teki töitä aamusta iltaan tuvassa, pellolla ja navetassa, olipa välillä veljen apuna tukkimetsässäkin. Silti hän sai melkein päivittäin kuulla olevansa laiska ja elättinä toisten vaivoina. Veljen vaimo oli aika ärhäkkä ja velikin oli sitä mieltä, että Kertun sopi tehdä nöyrästi ja ahkerasti työtä, kun kerran heidän luonaan sai asua. Veljen mielestä ei ollut mitään kummaa siinä, että vanhempien kotitalo peltoineen ja karjoineen oli jäänyt pojalle, sehän oli itsestään selvää. Vanhemmat olivat saaneet talosta ruoan ja nukkumapaikan vielä sittenkin, kun eivät enää jaksaneet tehdä juuri mitään hyödyllistä. Äitiä oli pitänyt viimeisinä aikoina vaihtaa kuiviin ja syöttääkin, sen oli toki Kerttu tehnyt, oma tytär.

Yhden lehmän olisi Kerttu saanut myötäjäisikseen, jos olisi mennyt naimisiin, mutta kosijaa ei ollut koskaan tullut. Nuorena tyttönä Kerttu oli haaveillut komeasta nuoresta sulhasesta, joka olisi ollut vielä ihan umpirakastunutkin, mutta vähitellen haaveet karisivat ja toiveet arkipäiväistyivät. Viime aikoina Kerttu olisi kelpuuttanut kenet tahansa, joka olisi voinut tarjota sellaisen pienen mökin, jonka navettaan olisi voinut myötäjäislehmänsä taluttaa. Olisi ollut ihanaa saada pitää jotain paikkaa omanaan, tuntea tekevänsä työtä oman kodin hyväksi. Varmaan Kerttu olisi tullut toimeen aviomiehen kanssa siinä missä kälynkin.

Kerttu rakasti marjastamista. Oli ihanaa saada kulkea metsässä omassa rauhassa ilman jäkätystä ja komentelua. Olihan metsässä vaaroja, pedot veivät välillä lampaan tai vasikan laitumeltakin. Joskus, kun oli oikein paha mieli, Kerttu melkein toivoi kohtaavansa nälkäisen karhun tai susilauman, ettei olisi tarvinnut palata kotiin. Kyllä hän sentään kuunteli risahduksia ja rapsahduksia ja katseli valppaasti ympärilleen ennen kuin laski astiansa mättäälle ja kyykistyi poimimaan.

Kerttu oli matkalla karpalosuolle. Kälyn kanssa oli ollut ikävä riita. Tavallisesti Kerttu otti nöyrästi vastaan moitteet ja komentelun, mutta nyt oli tullut sanotuksi vastaan aika ilkeästi. Parin tunnin vihaisen hiljaisuuden jälkeen Kerttu oli sanonut menevät poimimaan karpaloita, saataisiin vähän ylimääräistä ruokapöytään, ja käly oli tuhahtaen työntänyt astian Kertun käteen. Kun hän palaisi, asiat olisivat kuten ennenkin, riitä olisi painettu unohduksiin.

40

Syksy oli pitkällä, mutta karpalot eivät säiky yöpakkasia. Marjoja näyttikin olevan paljon, koko suo hohti punaisenaan. Kerttu poimi, liikkui mättäältä toiselle silmäkkeitä varoen. Hän saisi astiansa täyteen nopeasti mutta voisi halutessaan viivytellä kotimatkalla. Ellei lunta tulisi kovin pian, hän voisi tulla vielä uudelleenkin poimimaan, sillä marjoja näytti olevan määrättömän paljon. Kerttu keskittyi liikaa marjoihin ja unohti katsoa jalkoihinsa. Humpsis vain, hän astui suonsilmäkkeeseen, upposi polvea myöten ja kaatui. Siinä vaiheessa, kun hän pääsi taas jaloilleen, hän oli melkein vyötäisiä myöten märkä. Hampaat alkoivat lyödä loukkua melkein saman tien. Ei voinut ajatellakaan, että lähtisi kiiruhtamaan kotiin jäisen veden kastelemissa vaatteissa. Kerttu lonksutteli suon reunaan, jossa oli isoja kuusia, ja näki siellä oksien peittämän sammaleisen kolon. Hän tempoi pois märät vaatteensa ja ryömi kuusenoksien alle pehmeään sammalpesään. Huivi oli säilynyt kuivana, hän kääriytyi siihen ja käpertyi niin pieneksi kuin osasi. Vähitellen tärinä ja vavahtelu alkoivat vähentyä. Kun hän olisi saanut itsensä hiukan lämpiämään, hän ryömisi sen verran ulos, että kiertäisi märät vaatteensa mahdollisimman kuiviksi ja ripustaisi ne kuusen oksille.

Kerttu vetäytyi kolossaan yhä pienempään kippuraan ja nukahti. Herätessään hän tunsi ensimmäiseksi väkevän hajun, vahvan, myskisen. Sitten hän tajusi, että oli ihanan lämmin. Sen jälkeen hän alkoi ihmetellä, mikä oli tuo paksu ja kiinteä turkisseinä hänen vierellään. Tämä kaikki tapahtui suunnilleen ensimmäisen heräämissekunnin aikana. Sitten toisen sekunnin aikana Kerttu tajusi makaavansa suuren karhun vieressä. Hän oli karhun pesässä, nukkunut karhun kainalossa!

Kerttu ei tiennyt, kauanko oli nukkunut. Sikeästi ainakin, koska hänellä ei ollut mitään käsitystä siitä, milloin karhu oli kömpinyt hänen viereensä. Kerttu tunsi itsensä edelleen väsyneeksi, ja karhu oli pesän suuaukon edessä. Niinpä Kerttu sulki silmänsä ja jatkoi uniaan.

Kun Kerttu seuraavan kerran heräsi, hän tajusi olevansa yksin. Karhu oli poissa. Vai oliko mitään karhua ollutkaan? Kertulla oli melko sekava olo hänen kömpiessään ulos pesästä. Hän tajusi nukkuneensa todella pitkään, sillä metsässä oli kevät. Koivuissa oli hiirenkorvat, kaikki vihersi. Kukkuiko jossain käki?

41

Kerttu hätkähti kuullessaan miehen äänen. – Kuka sinä olet ja mistä sinä siihen tupsahdit? kysyi mies. – Et kai liene mikään metsäneito?

Kerttu vakuutti olevansa ihan oikea ihminen ja kertoi nimensä. Hän osoitti koloa, josta oli ryöminyt esiin ja kertoi nukkuneensa siellä, mutta oikeasti asuvansa veljensä Toivon talossa. Häneltä kesti hetken hahmottaa suuntia, mutta sitten hän osoitti kotitalon suuntaan. – Tuolla päin.

Mies kertoi olevansa nimeltään Onni, samassa kylässä hänkin asui ja Toivon tunsikin, vaikka ei kovin hyvin. Kerttu huomasi, että Onni katseli häntä salavihkaa hiukan oudoksuen, ja kääri huivia paremmin ympärilleen. Hän etsiskeli vaatteitaan, mutta niitä ei näkynyt. Kerttu kertoi Onnille kastuneensa suolla ja jääneensä kuivattelemaan vaatteitaan kuusen alle. Vaatteita ei nyt löytynyt, mutta hän lähtisi kuitenkin kotiin. Onni myönsi, että se olisi parasta. Hän halusi lähteä saattamaan Kerttua, että tämä löytäisi varmasti kotiinsa. Ajatus tuntui Kertusta hyvältä, vaikka hän tajusikin miehen pitävän häntä jonkinlaisena kummajaisena, joka ehkä yksinään eksyisi uudestaan johonkin koloon nukkumaan.

Kotona veli ja käly ihmettelivät Kertun paluuta. He olivat olleet varmoja, että Kerttu oli uponnut suohon tai joutunut jonkin pedon saaliiksi. He eivät kuitenkaan osoittaneet millään tavoin olevansa iloisia tai helpottuneita Kertun löytymisestä, päinvastoin he moittivat tätä harmin ja huolen aiheuttamisesta.

– Ja sitten kehtaat tulla tänne tuon näköisenä, maha pystyssä, kirkui käly. Nyt vasta Kerttukin huomasi, miksi huivi ei ollut tuntunut kunnolla riittävän hänen ympärilleen, hänen vatsansa oli todellakin paljon isompi kuin karpaloon lähtiessä.

– Ehkä kuvittelet, että me ruokimme sinun lisäksesi myös äpäräsi! Ei onnistu! Saat lähteä kerjuulle pentuinesi! huusi käly.

–– Mutta jos tuo mies on lapsen isä, hän ehkä ottaa sinut mukaansa, ehdotti toiveikas Toivo. Hän näytti masentuneelta, kun sekä Kerttu että Onni kielsivät. Onni vakuutti vain löytäneensä Kertun metsästä ja halunneensa saattaa tämän kotiin.

– Saat asua täällä, kunnes lapsi syntyy, sitten lähdet, sanoi Toivo kasvoillaan ilme, että oli juuri antanut jalomielisesti Kertulle suuren lahjan. – Ja autat talon töissä niin pitkään kuin pystyt.

Onni kääntyi vaivautuneena lähtemään pois, mutta Kerttu juoksi hänen peräänsä.

– Voisitko, voisitko mitenkään ottaa minut mukaasi? Kyllä minä piiaksi muuallekin kelpaan, olen ahkera ja taitavakin, vakuutteli Kerttu. – Teen töitä siihen saakka, kunnes lapsi syntyy, ja sitten ryhdyn taas työhön niin pian kuin mahdollista. Vaikka navetassa voisin nukkua enkä paljoa syökään. Ennemmin olisin piikana jossain muualla kuin asun täällä ylimääräisenä kiusana, joka ei ole koskaan tarpeeksi hyvä, vaikka yrittäisi kuinka.

Onnin ei sanonut mitään, nyökkäsi vain. Hän jäi odottamaan, että Kerttu sai oikeat vaatteet päälleen ja vähäiset tavaransa kerätyksi. Kerttu pyysi lehmää mukaansa, kun kerran lähti kotitalostaan, mutta veli kielsi. Lehmä oli määrä antaa myötäjäisiksi, ei piiaksi mennessä.

– Jos menet joskus naimisiin, saat lehmän, siihen saakka se pysyy täällä, ilmoitti veli.

*

Onnin kotimökki oli pieni tölli vain, ja siellä hän asui kahdestaan äitinsä kanssa. Navetassa oli ollut joskus useampikin lehmä, mutta isä oli ehtinyt ne juoda ennen kuolemaansa. Nyt oli vain yksi lehmä ja muutama kana. Ehkä Onni oli joskus vaimosta haaveillut, kuka tietää, mutta ei hän ollut koskaan rohjennut käydä ketään kosimassa. Nyt hän toi kotiin raskaana olevan Kertun ja pelkäsi hiukan, mitä äiti asiasta tuumisi. Hän hämmästyi, kun äiti olikin tyytyväinen. Hän oli jo luopunut toivosta saada miniä, nyt sellainen epäilemättä olisi tulossa. Ja kun äiti oikein toimi puhemiehenä, Onni sai kosituksi. Hän tosin pelkäsi, että Kerttu kieltäytyisi. Varmaan naisella oli jossain sulhanen, joka saattaisi saapua morsiantaan vielä perimään, kun kerran lapsikin oli tulossa. Kerttua itketti. Jos hän Onnille kelpaisi, hän kyllä suostuisi, mutta ensin piti kertoa jotain kauheaa ja kummallista. Kerttu kertoi tilanteestaan kaiken, minkä tiesi. Karhun pesässä hän oli nukkunut koko talven, karhun kainalossa, ja nyt hän oli raskaana eikä tiennyt, mitä tulisi synnyttämään. Onni oli hämmästynyt, mutta samalla oikeastaan mielissään, kun sai kuulla, ettei Kertulla ollutkaan sulhasta. Lapsi saisi tulla, olisi mikä olisi, ehkä sen kanssa selvittäisiin. Ja niin Kerttu ja Onni menivät vihille ja Kerttu haki sen oman myötäjäislehmänsäkin kotinavettaan.

Niin, aikanaan sitten Kerttu synnytti sen lapsen, joka oli saanut alkunsa karhun pesässä. Sekä Kerttu että hänen puolisonsa Onni olivat helpottuneita, kun lapsenpäästäjä ilmoitti Kertun synnyttäneen terveen tyttölapsen. Paksu ruskea tukka oli

43

pienokaisella päässään, mutta muuten aivan tavalliselta vauvalta se vaikutti ja huusi pontevasti ihan ihmislapsen tapaan. Onnin vanha äitimuori oli mielissään, kun lapsi sai hänen nimensä ja tytöstä tuli Iida. Muori ehti vielä nähdä toisenkin lapsen syntymän, kun Kerttu ja Onni saivat pojan Iidan ollessa kolmivuotias. Perheen onni oli täydellinen. Sopuisasti Kerttu ja Onni elivät yhdessä, ahkerasti työtä tehden. Menneestä Kerttu ja Onni eivät juuri puhuneet, vaikka tytärtään katsellessaan varsinkin Kerttu sitä joskus mietti. Ulkonäöltään Iida oli selvästi ihminen, vaikka ei ollut mikään kaunotar. Hänellä oli melko pienet, ruskeat silmät ja litteähkö nenä. Iidan paksut, ruskeat hiukset tuntuivat vähän karkeammilta kuin pikkuveljen vaaleat hiukset, ja Iidan iho oli talvellakin hiukan tummempi kuin veljen. Ihmiseltä tyttö näytti kuitenkin, ei hän mitenkään erityisesti erottunut muista lapsista. Tyttö hiukan arasteli vieraita, mutta kotiväen seurassa hän oli iloinen ja nauravainen. Pikkuveljen syntyessä Iida oli innoissaan, hän hoivasi veljeä mielellään, ja pojan kasvaessa lapset leikkivät yhdessä niin sopuisasti kuin sisarukset nyt ylipäänsä voivat.

Kun Iida varttui neitoikään, hän muuttui arvaamattomaksi. Enimmäkseen hän toimitteli askareitaan nöyränä ja hiljaisena, mutta saattoi yhtäkkiä suuttua aivan silmittömästi pienestäkin asiasta. Erityisesti hän ärsyyntyi, jos joku tarttui häneen kiinni yllättäen, koskettelusta hän ei pitänyt muutenkaan. Suuttuessaan Iida saattoi joskus päästää murahduksen ja paljastaa hampaansa petojen tapaan.

Eräänä päivänä taloon poikkesi vieras kulkumies juotavaa pyytämään. Iida oli pihalla, ja hän nosti miehelle vettä kaivosta. Mies piti itseään vastustamattomana, joten hän tarttui Iidaa vyötäisiltä ja käänsi tyttöä puoleensa suudellakseen. Silloin Iida suuttui. Hän kävi miehen kimppuun raivokkaasti äristen, puri, löi, raapi. Mies yritti turhaan irrottautua. Tyttö oli miestä vahvempi, hän kaatoi miehen maahan ja jatkoi kynsimistä ja puremista Ties miten olisi käynyt, elleivät Onni ja Kerttu olisi huomanneet tilannetta ja rynnänneet apuun. Kulkumies pakeni verinaarmuissaan. Mennessään hän nimitteli Iidaa raivohulluksi ämmäksi ja hulluksi villi-ihmiseksi. Hän huuteli vielä sittenkin, kun oli jo niin kaukana, etteivät sanat enää erottuneet.

Vanhemmat miettivät, mitä tehdä. Iida tiedettiin vahvaksi ja hyväksi työihmiseksi. Luultavasti joku häntä ennen pitkää kosisi, mutta olisiko oikein antaa tytön mennä avioon? Millaisia lapsia hän saisi? Kerttu pohti, pitäisikö tytölle kertoa hänen syntyperästään ja sitten miettiä yhdessä, mikä olisi parasta, mutta Onni kielsi, se olisi nuorelle naiselle liian iso asia.

Perhe yritti pitää Iidaa tarkkaan silmällä vieraiden läheisyydessä, mutta Iida ehti parikin kertaa raapia tai purra ihmistä, joka tuli koskettaneeksi häntä. Pahinta oli, että hänen oli vaikea lopettaa, kun hän oli joutunut suuttumuksen valtaan. Syksyllä, lampaiden teurastuksessa, Kerttu näki Iidan repivän salaa hampaillaan lihaa tuoreesta lampaankoivesta ja syövän hyvällä halulla. Silloin hän päätti puhua tytölle ja kertoa kaiken, mitä tiesi. Iida katsoi äitiään silmät suurina sanomatta sanaakaan. Kun Kerttu oli lopettanut kertomuksena, Iida nousi ja juoksi tiehensä. Hän oli poissa kolme päivää eikä kukaan tiennyt, missä hän oli. Sitten hän palasi takaisin mitään selittämättä ja tarttui tavallisiin töihinsä. Muutaman päivän kuluttua hän pystyi puhumaan äidilleen:
– Olen aina tuntenut, että olen erilainen kuin muut enkä ole ymmärtänyt itseäni ollenkaan, sanoi Iida. – Olen iloinen, että kerroit kaiken sen, minkä kerroit. Olen miettinyt sitä paljon. En tiedä vieläkään, mikä olen, mutta nyt tiedän ainakin, että en ole ihan tavallinen tyttö eikä elämäni tule kulkemaan ihan samoja latuja kuin monen muun ikäiseni tytön.

Pian koko perheelle kävi selväksi, ettei Iida tulisi elämään ihan tavallista naiselämää, johon kuului karjan hoitaminen. Lehmät nimittäin alkoivat käydä levottomiksi, kun Iida astui sisälle navettaan, ja ne tuntuivat tulevan aivan hulluiksi, kun Iida yritti lypsää. Vanhemmat totesivat tarvitsevansa miniän ja kertoivat pojalleen, että tämän pitäisi mennä naimisiin. Poika halusi kuitenkin vielä hiukan miettimisaikaa, joten Kerttu tyytyi palkkaamaan heille pikkupiian avuksi navettaan. Iida saisi hoitaa sisätyöt. Iida ymmärsi tämän järkeväksi, ja äidin opettamana hän kyllä osasi tupatyöt, ruoanvalmistuksen ja leipomisen. Ongelmana oli vain se, että Iida ei viihtynyt sisällä, vaan kaipasi ulos. Ja kun hän oli ihan vain nopeasti pujahtanut hetkeksi pihalle, hän saattoi unohtaa, mitä oli tekemässä ja viipyä poissa tuntikausia. Kun nälkäinen perhe tuli syömään, ruoka ei ollut valmiina. Näkyi, että työtä oli aloitettu, aineksia oli otettu esille, mutta kaikki oli jäänyt silleen eikä tytöstä näkynyt jälkeäkään. Kun Iida palasi, hän pyyteli anteeksi, hän ei ollut tajunnut, että aikaa oli kulunut niin paljon. Mutta seuraavana päivänä sama taas toistui.

45

Eräänä päivänä Iidan veli kertoi vanhemmilleen, että hän oli katsellut erästä lähitalon tyttöä. Tyttökin oli kiinnostunut, mutta yksi pulma oli. Tyttö pelkäsi Iidaa, jonka arvaamattomista kiukunpuuskista puhuttiin kylälläkin. Ei hän ehkä niinkään pelännyt omasta puolestaan, ainakaan kovin paljon, mutta entä sitten myöhemmin, jos olisi lapsia. Velikin oli miettinyt, mitä tapahtuisi, jos Iida hermostuisi huutavaan lapseen. Vanhemmat ymmärsivät hyvin nuorten pelon. Kerttu myönsi miehelleen myöhemmin, että hän oli jo aikaisemmin miettinyt, miten paljon Iidan uskaltaisi antaa touhuta lasten kanssa, jos taloon tulisi miniä ja lapsenlapsia.

Vähän mietittyään Kerttu puhui asiasta suoraan Iidan kanssa. Iida arveli, että hän nykyään pystyi hillitsemään itseään paremmin kuin ennen. Luultavasti vaaraa ei olisi, mutta mitään riskiä ei kannattaisi ottaa. Muutenkin Iida arveli, ettei hän ehkä viihtyisi kotona veljen vaimon ja lasten ympäröimänä. Naimisiin hän ei halunnut, mutta eikö hän voisi muuttaa pikku mökkiin, joka oli metsässä? Onnin isä oli aikanaan rakentanut mökin ja siellä oli usein yövytty metsästysretkillä. Viime vuosina mökki oli ollut tyhjillään. Mökki oli kyllin hyvä asuttavaksi, siellä oli tulisija, jolla voisi valmistaa ruokaa ja joka lämmittäisi. Mökki ei ollut kovin iso, mutta se olisi Iidalle riittävä. Hän saisi talosta ruokatarvikkeita ja valmistaisi itse ruokansa. Hän voisi kulkea metsissä niin paljon kuin haluaisi, ja ajankulukseen hän voisi vaikka tehdä käsitöitä, joista hän piti.

Veli oli mielissään, kun siskon asia ratkesi näin helposti, ja lupasi myös omasta puolestaan sisarelleen talosta ruoan ja kaiken, mitä tämä elinaikanaan tarvitsisi. Iida oli innoissaan. Hän siirsi tavaransa mökkiin, ja hänen ilokseen sinne mahtuivat myös kangaspuut. Kankaan kutominen oli Iidasta mukavaa, varsinkin kun sai kutoa ihan mitä halusi ilman kiirettä.

Niin Iidan elämä järjestyi. Veli toi silloin tällöin hänelle kuorman polttopuita, hän itse keräsi usein risuja poltettavaksi metsässä kierrellessään. Koska Iida saattoi viettää päiväkausia metsässä, oli sovittu, että hän tulee itse taloon hakemaan ruokatarvikkeita aina, kun jotain tarvitsee. Hän pyysi ja sai myös villoja, jonka hän värjäsi ja kehräsi langaksi. Hän kutoi kangaspuissaan värikkäitä ja lämpimiä huiveja, joita hän toi kotitaloonsa ruokaa hakiessaan. Nähtyään Iidan äidin ja kälyn käyttävän tällaisia huiveja, myös kylästä käytiin ostamassa huiveja. Iida ei tahtonut huiveista rahoja, kun veli niitä tarjosi, käski vain veljen käyttää rahat niin kuin parhaaksi näki. Iidallahan oli kaikki, mitä hän tarvitsi. Jotkut kyläläisistä olisivat halunneet tilata huiveja Iidalta, mutta tilaustöistä hän kieltäytyi. Hän halusi olla vapaa kulkemaan metsissä silloin kun halusi ja sitten halutessaan kutoa omassa rauhassaan sellaista, mikä häntä itseään miellytti. Iida oli tyytyväinen elämäänsä, vaikka varsinkin vanhempien kuoltua hän tunti toisinaan itsensä hiukan yksinäiseksi. Hän kuitenkin tiesi, ettei voisi löytää sellaista elämänkumppania, joka jakaisi tai edes hyväksyisi hänen elämäntapansa.

Iidan ikääntyessä veljen lapset tai näiden lapset kävivät aina silloin tällöin Iidan mökillä tuomassa lämpimäisleivän tai jotain muuta, ja samalla tarkastamassa, että Iidalla oli kaikki hyvin. Erään kerran, kun lapset tulivat paikalle, Iida oli poissa. Kangaspuut olivat tyhjänä, viimeinen valmis huivi oli laskostettuna pöydällä. Ruokatavarat oli tyhjennetty kaapeista, kaikki oli siistiä ja puhdasta. Mökki näytti paikalta, josta asukkaat olivat muuttaneet pois. Iida oli lähtenyt, eikä kukaan tiennyt minne. Hän ei koskaan palannut takaisin.

Vuorenkuninkaan morsian

Hyvin, hyvin kauan sitten metsää hallitsi Vuorenkuningas. Hän asui hoveineen suuressa linnassa kallion sisässä. Sinne johtava portti oli kallion kätkössä, ja se avattiin vain harvoin. Vuorenkuningas kävi metsässä muutaman kerran vuodessa ja palasi taas nopeasti hoviinsa. Kukaan ei tiennyt, kuinka suuri Vuorenkuninkaan valtakunta oli. Ehkä hän hallitsi koko maan tai maailman metsiä ja vuoria, ehkä hän oli vain juuri sen tietyn metsän kuningas. Totuus oli, ettei kuningas erityisesti pitänyt valtakunnastaan. Hän, kuten muukin vuoren kansa, oli osittain kiveä, eivätkä vihreät metsät, laululinnut ja auringonpaiste viehättäneet häntä lainkaan. Vuorenkuninkaan puoliso, kuningatar, oli käynyt metsässä vain yhden kerran, eikä hän ollut sinne toista kertaa halunnut.

Asia oli näet niin, että jokaisen vuoren kansaan kuuluvan tuli viettää yksi päivä yksinään ulkona metsässä. Siihen ei ollut mitään erityistä syytä, se vain kuului niihin asioihin, jotka piti aikuistuessa tehdä. Myöhemmin jokaisen olisi ollut mahdollista käydä halutessaan vuoren hovin ulkopuolella, mutta hyvin harva tällaista mahdollisuutta käytti koskaan. Poikkeuksena oli Pitkäsilmäksi nimitetty mies, joka oli saanut nimensä siitä, että hän oli kiinnostunut kaikesta ja halusi nähdä kaiken. Hän oli käynyt metsässä useita kertoja eri vuodenaikoina, joten häntä pidettiin asiantuntijana metsää koskevissa asioissa, jotka tosin eivät Vuorenkuninkaan hovissa kovin monia kiinnostaneet. Pitkäsilmä oli myös innokas opettaja ja hän kertoi mielellään vuoren lapsille ja nuorille hovia ympäröivästä maailmasta. Jotkut hänen oppilaistaan olivat kiinnostuneita, mutta useimmat pitivät Pitkäsilmän kertomuksia suorastaan pelottavina.

Pitkäsilmän oppilaana oli myös vuoren prinssi Kirta, Vuorenkuninkaan ja Vuorenkuningattaren ainoa lapsi. Häntä kiinnosti opettajansa kertomuksissa erityisesti se, ettei metsä pysynyt samanlaisena, vaan muuttui vuodenaikojen mukaan. Hän halusi nähdä tuon muutoksen omin silmin. Hän suunnitteli jäävänsä metsään vuodeksi nähdäkseen vuodenaikojen koko kirjon. Kuningatar oli ajatuksesta aivan kauhuissaan, mutta kuningas rauhoitteli häntä arvellen, ettei prinssi viihtyisi metsässä kovinkaan pitkään.

Kuningas oli oikeassa. Kun prinssi oli kyllin vanha käymään metsässä ensi kertaa, oli keskikesä. Jäkäläinen rinne hohkasi kuumuutta ja aurinko paistoi pilvettömältä taivaalta. Harmaaseen taitettuihin väreihin tottuneen prinssin silmiä auringon valo ja metsän kirkkaat värit kirvelivät; lintujen laulu ja metsän muut äänet tuntuivat kipuna hänen korvissaan, jotka olivat aikaisemmin kuulleet vain kiviluolaston vaimeita ääniä.

Kun prinssi palasi vuorokauden mittaiselta retkeltään, hän oli varma, ettei haluaisi koskaan palata tuohon ylenpalttiseen maailmaan, joka pursusi kuumuutta, häikäisevää valoa, sokaisevia värejä ja kauhistuttavaa meteliä. Vähitellen hänen mielensä kuitenkin muuttui, ja hän päätti tutustua metsään paremmin. Hänestähän tulisi joskus kuningas, ja hän halusi tietää, mitä hänen valtakuntaansa kuului. Niinpä hän teki uusia vierailuja metsään. Hän kiersi märkää, sateista syysmetsää, joka tuntui hänestä kesään verrattuna melkein siedettävältä, ja hän vieraili useita kertoja lumisessa talvimetsässä, joka oli joskus hyvin kylmä ja jossa toisinaan kirkas aurinko heijastui lumesta silmiin. Keväinen metsä jopa miellytti häntä. Sattui olemaan pilvinen päivä, maa ja puut vihersivät, mutta värit eivät tuntuneet liiallisilta. Sitten prinssi tajusi, että metsä tuoksui. Vuorenkuninkaan hovissa oli lähes tuoksutonta, joten prinssi ihmetteli hetken, mikä hänestä tuntui niin häiritsevältä. Vähitellen hän tottui kevään tuoksuihin niin, että hän pystyi tarkastelemaan metsää. Hän huomasi, että jotkut puut olivat samalla tavalla vihreitä kuin hän muisti niiden olleen hänen aikaisemmilla käynneillään. Jotkut toiset puut olivat vaaleanvihreitä, ja niissä oli pienet lehdet. Prinssi muisti syksystä kirjavia lehtiä ja talvesta lehdettömät puut. Vastaavasti hän huomasi kasvit, joiden hän tajusi olevan kasvunsa alussa. Hän alkoi ymmärtää luonnon kiertokulkua: kasvit heräsivät keväällä, kasvoivat kesällä, kuihtuivat syksyllä ja lepäsivät talvella. Ihan kaikkiin kasveihin hänen järjestelmänsä ei sopinut, esimerkiksi jotkut puut näyttivät olevan samanlaisia ympäri vuoden. Mitä enemmän prinssi oppi, sitä enemmän se häntä kiinnosti. Sekin häntä kummastutti, että metsässä näytti melkein kaikki kasvavan, kun taas Vuorenkuninkaan hovissa ei ollut mitään kasvavaa.

Kuningas ja kuningatar olivat hiukan huolissaan prinssin kiinnostuksesta metsään, mutta heillä ei ollut mitään järkevää syytä kieltääkään prinssin retkiä. Niin prinssi kävi metsässä yhä uudelleen ja uudelleen, vuodesta toiseen.

Eräänä päivänä prinssi kulki kauemmas kuin koskaan ennen ja näki ihmisten rakennuksen. Hän pysytteli piilossa ja tarkasteli hämmästyneenä näkemäänsä. Sitten mökin ovi aukeni, ja ulos astui vanha nainen ja hänen perässään nuori tyttö. He puhuivat toisilleen hiukan eri tavalla kuin mihin prinssi oli tottunut, mutta kuitenkin niin samantapaista kieltä, että prinssi huomasi ymmärtävänsä melko lailla heidän puhettaan.

Prinssi oli aivan lumoutunut. Hän seurasi piilostaan ihmisten puuhia koko päivän, ja illalla hän palasi kotiin aivan pyörällä päästään. Hän ihmetteli, miksi Pitkäsilmä ei ollut koskaan kertonut hänelle, miten kiehtovia ihmiset olivat. Opettaja oli kyllä ihmiset maininnut, että sellaisia saattaa joskus metsässä kulkea, ja varoittanut silloin väistämään ja piiloutumaan.

Prinssi hiipi ihmisten mökille uudelleen seuraavana päivänä ja sitä seuraavana, ja lopulta hän hiipi joka päivä suoraan mökille ihmettelemään ihmisten elämää. Hän kuuli, että tyttö nimitti vanhaa naista isoäidiksi, ja isoäiti kutsui tyttöä Sirjaksi. Heidän elämänsä näytti toistuvan melko samanlaisena päivästä toiseen, mutta silti se jaksoi kiinnostaa Kirtaa. Hän pohdiskeli, minkä ikäinen vanha nainen mahtoi olla, tämä vaikutti kovin raihnaiselta. Prinssin oma isoäiti täyttäisi pian neljäsataa vuotta, mutta hän oli paljon nuoremman oloinen, joten ihmisvanhus oli varmaan aika lailla vanhempi.

Tyttö taas − hän vaikutti kovin nuorelta. Prinssi ei tiennyt, miksi häntä niin miellytti seurata tyttöä katseellaan. Vuoren väellä oli harmaa iho ja harmaat hiukset, se oli prinssin mielestä oikein ja kaunista. Tytöllä oli keltaiset palmikot ja punaiset posket, se oli prinssistä outoa mutta kiehtovaa. Tyttö myös käyttäytyi aivan eri tavalla kuin vuoren väki; hän ei oikeastaan kävellyt koskaan, vaan hyppeli ja juoksenteli ja toisinaan hän lauloi niin että piha raikui.

Kun Kirta oli seuraillut mökin tapahtumia jonkin aikaa, asukkaat huomasivat hänet. He ihmettelivät aluksi hiukan, miksi nuori mies piileskelee heitä katselemassa, mutta koska hän ei kuitenkaan vaikuttanut kovin vaaralliselta, he kutsuivat prinssin kotiinsa. Kirta kertoi asuvansa vielä syvemmällä metsässä ja näkevänsä ihmisiä vain harvoin. Sirjaa nauratti miehen oudonkuuloinen puheenparsi, mummo ihmetteli salavihkaa tämän vaatteiden vanhahtavia yksityiskohtia. Sirjan ja hänen mummonsa metsämökissä vieraat olivat harvinaisia, joten Kirta merkitsi heille kiinnostavaa vaihtelua. Lisäksi vuoren prinssi oli vahva kuin kallio, joten hänestä oli apuakin mökin töissä hänen vieraillessaan siellä päivittäin.

50

Kului vuosi ja melkein toinenkin. Prinssin vanhemmat alkoivat toivoa poikansa avioituvan, minkä jälkeen hän voisi ottaa hoitaakseen Vuorenkuninkaan tehtävät. Prinssi kuitenkin kulki edelleen metsässä lähes päivittäin. Hän ei kertonut vanhemmilleen eikä opettajalleen kiinnostuksestaan ihmisiin eikä sitä, että metsään lähtiessään hän tavallisesti kiiruhti suoraan mummon ja Sirjan mökille ja viipyi siellä iltaan saakka. Hän ei enää juuri koskaan pysähdellyt katselemaan metsän vuodenkulkua eikä kiinnittänyt huomiota metsän eläimiin.

Mummo ja Sirja olivat tottuneet Kirtan käynteihin. Mies oli utelias kaikesta ja aina valmis auttamaan, kun tarvittiin painavan saavin nostajaa tai puiden kantajaa. Tuvassa istuessaan hän kertoi joskus hovissa kuulemiaan tarinoita, joista varsinkin Sirja piti kovasti, mutta itsestään hän kertoi vain hyvin vähän.

Erään kerran, kun Kirta tuli mökille, hän löysi mummon ja Sirjan pakkaamasta. Mummo selitti, että mökki oli niin vanha ja hutera, ettei hän uskonut sen kestävän enää seuraavaa talvea. Edellisenä talvena he olivat lämmittäneet koko ajan ja silti palelleet jatkuvasti. Mummo oli kirjoittanut pojalleen, joka oli nyt valmis ottamaan luokseen äitinsä ja sisarentyttärensä, vaikka ei ollutkaan pitänyt sisarensa avioliitosta kuljeksivan soittajan kanssa. Poika tulisi viikon kuluttua heitä noutamaan, ja nyt he miettivät, mitä ottaisivat mukaansa. Poika oli kirjeessään vakuuttanut, että hänen kotonaan on kaikki, mitä tarvitaan eikä mökistä kannattaisi ottaa mukaan yhtään mitään. Silti molemmat halusivat ottaa ainakin muistoksi jotain mukaansa, ja varsinkin Sirja oli päättänyt saada mukaan monenlaista tarpeellista, kuten paksun tilkkutäkin, jonka alla hän oli nukkunut lapsesta saakka.

Kirta oli aivan epätoivoinen ajatellessaan mummon ja Sirjan lähtevän. Kun hän illalla palasi kotiin, kuningas ja kuningatar muistuttivat häntä taas kerran avioliitosta, ja silloin prinssi keksi helpotuksekseen, että hän pyytää Sirjaa puolisokseen. Vanhemmista ihmistyttö olisi ehkä outo valinta, mutta he iloitsisivat, koska sitten Kirtan ei enää tarvitsisi käydä mökillä, vaan hän pysyisi morsiamensa luona vuoren hovissa.

Seuraavana päivänä Kirta pyysi Sirjaa vaimokseen. Sirja oli hämmästynyt eikä tiennyt, mitä sanoa. Sirjaa pelotti muutto enon luokse. Sirja oli aina asunut syvällä metsässä, enon talo oli keskellä kylää. Sirja ei ollut tavannut enoa kovin monta kertaa, mutta aina eno oli puhunut rumasti ja ilkeästi Sirjan isästä ja äidistäkin. Sirja ei uskonut, että hän koskaan viihtyä enonsa luona. Olisihan siellä aluksi mummokin, mutta tämä oli itse usein sanonut olevansa jo vanha ja tarpeeksi elänyt. Enon luona ilman mummoa, se tuntui ihan kauhealta. Sirja piti Kirtasta kovasti, vaikka tämä ei ollut ollenkaan sellainen naurusuinen poika, joka Sirjan haaveissa oli häntä tanssittanut. Harmaa Kirta oli kovin jäyhä ja vakaa, mutta hän oli tullut niin tutuksi kuin olisi perheenjäsen. Eno taas oli tytölle kuin ventovieras. Lopulta Sirja teki päätöksensä. Hän jäisi metsään ja menisi vaimoksi Kirtalle. Sovittiin, että Sirja asuu mökissä, kunnes eno tulee mummoa noutamaan, ja seuraavana päivänä Kirta hakisi Sirjan kotiinsa.

Sirja pakkasi tavaransa suuren matka-arkkuun, jonka Kirta oli vakuuttanut pystyvänsä kantamaan, ja mummon tavarat oli sovitettu yhteen kassiin. Eno tuli, ja sanoi ensimmäiseksi jotain ilkeää soittoniekan hajoavasta töllistä, josta hänen täytyy tulla ihmiset pelastamaan. Sirja oli hyvin iloinen voidessaan kertoa, ettei enon tarvinnut pelastaa kuin oma äitinsä, Sirja menisi naimisiin ja muuttaisi puolisonsa kotiin, jossa seinät olivat kivestä ja katto korkealla. Sen verran Kirta oli kertonut, muuta ei Sirja tulevaisuudesta tiennytkään.

Eno ja mummo lähtivät. Mummo toivotti itkien Sirjalle kaikkea hyvää. Eno puolestaan ilkeili, ettei mokoma metsässä asuva sulhanen ehkä edes tulisi morsiantaan hakemaan, olihan tyttö aivan pennitön eikä edes minkään näköinen. Sirja kertoi luottavansa sulhaseensa ja vakuutti, ettei hän ainakaan koskaan tulisi enon ovelle apua pyytämään. Ja toki sulhanen tiesi, että Sirja oli köyhä, mutta se ei haitannut, koska hän itse oli niin rikas. Sirja ojensi enon nähtäväksi sormuksen, jonka Kirta oli antanut. Tyttö pani tyytyväisyydekseen merkille enon silmien kateellisen välkähdyksen tämän katsellessa kaunista sormusta, jossa oli iso jalokivi.

Eno ja mummo lähtivät, ja seuraavana aamuna vuorenkuninkaan poika tuli noutamaan morsiantaan. Sirja oli jännittynyt ja innoissaan näkemään tulevan kotinsa, mutta hän säikähti, kun Kirta johdatti hänet jyrkän kallion juurelle. Mies koputti kallioon, ja siihen aukesi ovi. Sirja peräätyi hiukan, mutta Kirta tarttui hänen käteensä.

– Olet morsiameni, tule katsomaan kotiasi, sanoi mies, ja Sirja seurasi miestä kallion sisään. Ovi sulkeutui heidän takanaan.

Prinssin vanhemmat eivät olleet ihastuneita poikansa valintaan, mutta vuoren hovissa ei ollut tapana osoittaa sen paremmin kielteisiä kuin myönteisiäkään tunteita. Sirja sai kuulla, että hänen puolisonsa oli prinssi, ja hän sai tutustua prinssinsä hoviväkeen.

He olivat kaikki hiljaisia ja harmaita, he liikkuivat verkkaisesti ja puhuivat vaimealla äänellä sitä outoa, vanhahtavaa kieltä, joka oli naurattanut Sirjaa hänen tutustuessaan Kirtaan.

Sirja ei viihtynyt vuoren sisällä, jossa vallitsi ikuinen hämärä ja hiljaisuus. Vaikka katto oli korkealla, se tuntui jotenkin painavan ja puristavan häntä. Kiviset huonekalut olivat kauniita, mutta kovia ja epämukavia. Ruoka oli aina samaa harmaata ja mautonta puuroa. Kun hän puhui, hän käytti usein vahingossa niin kovaa ääntä, että hänen ympärillään hätkähdeltiin.

Sirja kaipasi sinistä taivasta, vihreitä puita ja tuulta ympärillään. Hänellä ei kuitenkaan ollut lupaa poistua vuoresta. Tarkkasilmäinen kuningas oli sen kieltänyt. Hän näki, että Sirja kaipasi metsään, ja arveli, että tyttö voisi jopa karata sinne päästessään. Vaikka kuningas ei tytöstä pitänyt, tämä oli hänen poikansa valittu ja tuleva kuningatar. Tyttö oli osansa valinnut, vaikka tuskin oli kovin tarkkaan tiennyt, mihin oli ryhtymässä. Mutta nyt olisi parempi, että hän pysyisi vuoressa käymättä metsässä lisäämässä kaipaustaan. Aikanaan hän tottuisi uuteen elämäänsä.

Aluksi Sirja kapinoi. Hän saattoi laulaa loilottaa kovalla äänellä, vaikka tiesi, että laulu häiritsi koko hovia. Mutta hänen laulunsa eivät olleet iloisia, laulaminen oli paremminkin huutamista. Mutta kun häntä katsottiin paheksuvasti, hän saattoi sanoa olevansa laulava ihminen ja ellei se miellyttänyt, hänet voi lähettää ulos vuoresta. Toisinaan Sirja koputteli ovea ja hiiviskeli sen tienolla siltä varalta, että se äkkiä avautuisi. Puolisolleen Sirja valitti, ettei tämä ollut kertonut totuutta. Sirja olisi kyllä miettinyt toisenkin kerran!

Kirta huokaisi pää painuksissa, ettei hän uskaltanut kertoa totuutta. Hän oli pelännyt juuri sitä, että Sirja harkitsisi toisenkin kerran ja päätyisi sanomaan ei. Haluaisin niin mielelläni pitää sinut täällä, kuiskaili prinssi. Hän lupasi pyytää isältään lupaa, että hän ja Sirja saisivat yhdessä käydä metsässä. Kirta oli ollut varma, että kuningas suostuisi, mutta tämä sanoikin ei. Ulos metsään Sirja ei pääsisi, mutta sisällä vuoressa prinssi voisi tehdä mitä vain keksisi helpottaakseen Sirjan oloa.

53

Prinssi mietti, ja päätti sitten, että koska Sirja ei saanut mennä metsään, hän toisi Sirjalle jotain metsästä vuoreen. Hän kysyi, mitä Sirja eniten kaipasi. Sirja mietti jonkin aikaa ja sanoi sitten kaipaavansa aurinkoa, auringonvaloa, mutta sitä Kirta ei voisi hänelle tuoda.

Kirta pohti asiaa, mutta ei keksinyt ratkaisua. Mikään vuoren hohtokivien valo ei ollut lähelläkään auringon valoa. Lopulta hän kertoi huolensa opettajalleen Pitkäsilmälle, jolla oli heti pulmaan ratkaisu. Linnan kaukaisimmassa osassa oli huone, jota ei koskaan käytetty, koska sen katossa oli halkeama. Rako oli pieni ja kapea; matkaa maan pinnalle oli paljon, mutta sieltä tuli kuin tulikin hiukan päivänvaloa.

Sirja oli mielissään. Valoa ei tullut paljon, mutta se oli selvästi erilaista kuin vuoren valo. Vuoren asukkaat eivät halunneet käyttää huonetta juuri tuon heille oudon ja vähän epämiellyttävän valon takia, joten se oli vapaa käytettäväksi. Sirja tunsi mielensä iloisemmaksi kuin kertaakaan vuoreen tulon jälkeen. Hänen mieltään lämmitti valojuovan lisäksi myös se, että hänen puolisonsa oli nähnyt vaivaa löytääkseen hänelle sellaista, mitä hän toivoi.

Sirja vietti paljon aikaa omassa uudessa huoneessaan. Se oli melko kaukana linnan kuninkaallisista tiloista, mutta Sirja suorastaan hyppeli kiiruhtaessaan sinne joka aamu. Hänen ilonsa tuli vielä suuremmaksi, kun Kirta toi hänelle metsästä joukon kasveja ja multaa niiden kasvattamiseen. Prinssi toi sammaleita ja saniaisia, joiden hän arveli selviävän melko vähällä valolla, mutta myös monenlaisia kukkivia kasveja Sirjan iloksi. Tyttö teki huoneestaan oman pienen metsän, jossa hän sai monia Kirtan tuomia kasveja kasvamaan. Kun hän hengitti kasvien tuoksua, hän saattoi kuvitella olevansa oikeassa metsässä. Lintujen laulua hän kaipasi, mutta kielsi ehdottomasti Kirtaa tuomasta hänelle lintuja. Hän ei halunnut vangita pikkulintuja vuoreen, niiden kuului saada olla metsässä. Kirta ajatteli surullisena, että Sirja varmaan piti myös itseään vangittuna pikkulintuna.

Kuningas ei ollut Sirjan metsäharrastuksesta mielissään. Hän oli kuitenkin luvannut Kirtalle, että tämä saisi tehdä vuoressa mitä tahansa, mikä saisi Sirjan viihtymään, joten hän ei oikein voinut kieltääkään.

Aika kuluu. Sirja ei enää jaksanut käydä metsähuoneessaan, sillä hän oli raskaana, ja raskaus oli vaikea. Sirja kävi huonon näköiseksi ja Kirta oli hänestä huolissaan. Hän pyysi taas kuninkaalta lupaa viedä Sirja käymään metsässä, ja nyt kuningas suostuikin siihen, että lapsen syntymän jälkeen Sirja saisi käydä metsässä aina kun haluaisi. Sirja puhui Kirtalle joka päivä asioista, joita hän tekisi heti, kun pääsisi metsään. Sirjalle ei sitä päivää kuitenkaan tullut. Vuoren kansan kivisen lapsen synnyttäminen oli hänelle liikaa, ja Sirja menehtyi poikansa synnyttyä. Vain pienen hetken hän ehti pitää lastaan sylissään. Kirta kuuli Sirjan kuiskivan lapselle lintujen laulusta, jota he pian pääsisivät kuulemaan.

Kirta vei Sirjan ruumiin metsään ja hautasi hänet salaiseen paikkaan, jota kukaan muu ei tiennyt. Hän istutti haudalle pihlajan, joka houkuttelisi punaisilla marjoillaan lintuja oksilleen. Hän istui haudalla monta päivää Sirjaa kaivaten ja miettien surullisena, että tämä vielä eläisi, ellei olisi koskaan tavannut Kirtaa. Lopulta prinssi nousi ja käveli takaisin vuoreen. Kivinen ovi sulkeutui hänen perässään. Sen jälkeen prinssi käynyt enää koskaan metsässä, ei kuninkaaksi tultuaankaan. Prinssin ja Sirjan poika kasvoi kelvolliseksi vuorikansan jäseneksi, vaikka hänellä olikin keltaisemmat hiukset kuin kenelläkään vuoressa. Joskus poika tunsi outoa kaipausta, mutta hän oppi tukahduttamaan sen niin kuin pitikin. Mutta joskus, paljon myöhemmin, joku vuorikansan lapsista löysi ihmeellisen huoneen, jossa kasvoi saniaisia ja metsätähtiä.

Salasynnyttäjä

Oli kerran tyttö, nimeltään Leena. Hänellä oli hyvä koti, rakastavat vanhemmat, sopivasti siskoja ja veljiä. Leena lauleli mielellään töitä tehdessään. Lampaille ja vasikoille hän lauloi kesäisistä niityistä ja kukkasista, mutta sisällä puuroa keittäessään hän lauloi viluisesta talvesta, lumesta ja pakkasesta. Surullisiakin lauluja hän lauloi suu hymyssä, sillä elämä oli hänelle pelkkää iloa ja kultaisia unelmia. Erityisen mieluisasti Leena kutoi kangasta ja teki käsitöitä, jotka talletettiin tytön kapioarkkuun odottamaan sitä ihanaa aikaa, kun hän muuttaisi rakkaansa kanssa omaan kotiin. Omaa rakasta ei ollut vielä löytynyt, mutta tyttökin oli vielä nuori. Kyllä hän ehtisi vielä onnensa löytää, eikä hän itsekään halunnut turhaa kiirettä pitää. Kun kylän nuoret kokoontuivat keinulle tai kokolle, monikin nuori mies katseli sorjaa kirkassilmäistä tyttöä, joka nautti keinun lennosta ja uskalsi pysyi kyydissä silloinkin, kun pojat keinuttivat keinun ympäri asti. Vaikka Leena haaveili rakkaudesta, hän oli mielellään vielä vähän aikaa huolettomana tyttönä vanhempien kodissa.

Mutta sitten Leena rakastui. Mies oli mikä oli, Leenan silmissä hän oli prinssi ja jumala. Leenan laulut alkoivat kertoa rakkaudesta. Lehmiä lypsäessään ja puuroa keittäessään Leena lauloi, miten tosi rakastavaisia ei erota vuolas virta eikä edes kuolema. Salaiset tapaamiset läikkyivät vielä unissakin hymynä huulilla.

Mutta mies ei ollut tosissaan. Ehkä hän oli ollut rakastunutkin, vähän, mutta leikkiä kaikki oli hänelle ollut. Ehkä oli jokin syy, miksei hän voinut mennä Leenan kanssa naimisiin, ehkä hän vain ei halunnut asettua aloilleen. Kun salaiset kohtaamiset loppuivat, Leena ei enää nauranut yhtä hereästi kuin ennen, ja hänen laulunsa kertoivat surusta ja ikävästä. Välillä tuli hetkiä, jolloin ei voinut laulaa, kun kurkkua kuristi ikävä.

Äiti ja sisaret huomasivat tytön alakulon ja arvasivat hänellä olevan sydänsuruja. Miehestä he eivät kuitenkaan tienneet, suhde oli pidetty visusti salassa. Leenastakin oli ollut ihanaa, kun sydämellä oli ollut suuri, suloinen salaisuus. Kotona puhuttiin onnellisesta tulevaisuudesta kaikessa rauhassa arvaamatta Leenan salaisuutta. Vanhempi sisar oli juuri mennyt naimisiin, ja Leenaa kiusoiteltiin nuorilla miehillä, joiden kanssa hän oli häissä tanssinut. Varmaan se tai tämä tai tuo tulisi puhemiehen kanssa käymään milloin tahansa.

Leena oli ollut onneton, kun mies oli hänet jättänyt ja kaunis rakkaus oli osoittautunut tyhjäksi puheeksi. Mutta nyt Leena oli epätoivoinen. Hän oli tajunnut olevansa raskaana, naimaton tyttö. Leena tiesi vanhempiensa rakastavan häntä, mutta silti he ajaisivat hänet pois kotoa. Leena muisti hyvin naapuritalon piikatytön, joka oli alkanut odottaa lasta ja joka oli ajettu pois talosta kesken palveluskauden. Emäntä oli nimittänyt tyttöä huoraksi ja portoksi, ja Leenan oma äiti oli nyökännyt vakavana ja vakuuttanut, että emäntä teki oikein lähettäessään tytön pois, huonoa naista ei tarvitse kotonaan sietää. Silloin oli kiertänyt huhuja, että yksi talon pojista tai jopa isäntä itse olisi ollut asiassa osallisena, mutta sellaista ei sopinut ääneen puhua eikä se vaikuttanut tytön tuomitsemiseen.

Leena kiristi vyönsä yhä tiukemmalle ja alkoi käydä saunassa yksinään vasta muiden käytyä. Hän toivoi ja rukoilikin, että jonakin aamuna hänen herätessään hän huomaisi kaiken olevan vain pahaa unta. Hän ei ollut huora eikä portto, hän oli vain ollut rakastunut eikä aluksi ollut ymmärtänytkään ihan kaikkea. Kuinka rakastamisesta voisi tulla tällainen rangaistus?

Varmaan joku tytön tilaa arveli, olihan talossa emännän lisäksi parikin sukulaistätiä ja useita piikoja. Ääneen ei arveluista kuitenkaan puhuttu, eivätkä juorut vielä kiertäneet kylilläkään. Leena kiersi puvun alle toisen vyön ja veti sen niin tiukkaan kuin pystyi. Hän selviäisi tästä, hänen oli pakko selvitä...

Sitten eräänä keväisenä aamuyönä Leenan läpi kävi tulinen miekka ja Leena tajusi synnytyksen olevan alkamassa. Hän hamusi vaatteita mukaansa ja kiiruhti ulos, metsään. Välillä hän lyyhistyi maahan kaksin kerroin kipuaallon kourissa, mutta aina hän nousi ja jatkoi matkaa. Hänen oli päästävä mahdollisimman kauas talosta, kukaan ei saisi huomata mitään. Leena itki kivusta, mutta yritti olla huutamatta ja kulki eteenpäin niin kauan kuin pystyi. Lopulta hän lyyhistyi tuskissaan maahan. Hän itki ja välillä varmaan huusikin.

Synnyttämisestä ei naimattomille naisille puhuttu, eihän sellaisesta tarvinnut mitään tietää. Arveltiin, että aviovaimo ehtii saada tiedot sitten, kun aika tulee. Ei Leenallekaan ollut mitään raskausajasta tai synnytyksestä kerrottu, päinvastoin, lapsilta yritettiin tuollaiset asiat salata. Leena muisti, millainen odottamaton yllätys pikkusiskon ilmestyminen oli aikanaan ollut. Äiti kertoi löytäneensä lapsen saunasta lauteitten alta, ja sen jälkeen Leena kurkki huolissaan lauteitten alle aina saunaan mennessään. Jos siellä vaikka olisi uusi vauva, eivätkä he huomaisi mitään! Aikuinen Leena kyllä tiesi synnytyksestä yhtä ja toista, olihan hän hoitanut eläimiä lapsesta saakka. Vasikoiden syntyessä nuoret naiset lähetettiin tavallisesti tupaan, mutta oli Leena useamman vasikan syntymän kuitenkin nähnyt. Emakoiden porsimisessa ja lampaiden synnytyksissä hän oli joskus ollut apunakin, kun oli sattunut olemaan sopivasti paikalla. Ihmisen synnyttämisen hän oli silti luullut olevan jotain muuta, erilaista, kauniimpaa.

Leena huusi ääneen ja tajusi lapsen viimeinkin erkanevan hänestä. Sen jälkeen tuli helpotus, vähän nipistelyä vain. Leena oli hyvin väsynyt, hänen oli pakko levätä vähän aikaa. Hän sulki silmänsä ja nukahti. Aurinko oli korkealla, melkein jo lähdössä painumaan iltaan, kun Leena heräsi. Alapäässä tuntui ikävältä, mutta hän jaksoi nousta istumaan. Hän siivosi asuaan, päällimmäiset vaatteet olivat sammaleiset, mutta muuten puhtaat. Hän voisi mennä saunan kautta, siellä olisi pesuvettä. Kylmää tietenkin nyt, mutta parempaa kuin suolammen musta, riitteinen vesi. Leena nousi jaloilleen. Tuntui hiukan huteralta, mutta eiköhän hän selviäisi. Sitten Leena muisti lapsen. Se oli hiljaa ja liikkumatta. Leena mietti, oliko kuullut sen itkevän tai edes inisevän, mutta ei pystynyt muistamaan. Hän ajatteli ensin jättää lapsen vain siihen, ehkä heittää hiukan sammalta päälle, mutta se tuntui kovin väärältä. Hän pyöräytti lapsen huivin sisälle ja tarttui huiviin sen kulmista. Hän kantoi nyyttinsä lammen rantaan, heilautti hiukan vauhtia ja heitti huivinyytin niin pitkälle kuin pystyi. Hän ei jäänyt katsomaan nyytin uppoamista, vaan kääntyi kiiruhtamaan pois. Leena työnsi sormet korviinsa, ettei kuulisi mitään, mitä ei haluaisi kuulla, ja kyynelten valuessa hän lähti kulkemaan kohti kotia niin nopeasti kuin pystyi.

Kotiin päästyään Leena kävi muiden huomaamatta saunassa peseytymässä. Hän oli hiukan hämmästynyt siitä, ettei kukaan ollut ihmetellyt hänen poissaoloaan, mutta jokainen häntä kaivannut oli luullut hänen olevan kiinni muualla. Vähitellen Leena palasi arkeen, alkoi taas saunoakin muiden kanssa, mutta ei enää juuri laulellut. Jotkut talon naisista katselivat Leenaa joskus tutkivasti, mutta kukaan ei kysellyt mitään eikä Leenan asioita pohdiskeltu ääneen. Eihän kukaan tiennyt mitään varmaa, ja juorut voivat olla tuhoisia nuoren naisen maineelle. Parin vuoden kuluttua Leena meni naimisiin naapuritalon pojan kanssa ja ennen

58

pitkää sai muutamia lapsiakin. Hänestä tuli vakava, hiljainen nainen, joka teki ahkerasti työtä ja kasvatti lapsensa kurissa ja nuhteessa. Hän nauroi harvoin eikä hänen juuri kuultu enää koskaan laulavan.

*

Monissa tarinoissa kerrotaan, että surmattu tai kastamatta kuollut lapsi ilmaisee itsensä jollakin tavoin. Se voi itkeä pikkulapsen tavoin, jolloin metsässä kulkija kuvittelee kuulleensa elävän lapsen itkun, mutta mitään ei näy. Lapsivainaja voi myös näyttäytyä lapsen haamuna, lintuna tai jäniksenä. Joskus metsään haudattu lapsi vain huutaa linnun äänellä, kunnes kuulija arvaa, ettei kysymyksessä ole ihan tavallinen lintu. Kova tarve sillä on ilmaista itsensä. Joskus sanotaan, että kastamatta kuollut kaipaa siunattuun maahan, mutta vielä useammin arvellaan, että lapsivainaja haluaa ilmaista synnyttäjänsä, naisen, joka on hylännyt tai suorastaan tappanut lapsensa tai kätkenyt kuolleena syntyneen lapsen.

Leena oli jo vanha nainen, hänen lapsensa olivat aikuisia, naimisissa ja heillä oli jo omiakin lapsia, kun kylällä alettiin puhua metsässä liikkujien oudoista kokemuksista. Monet olivat nähneet metsässä tunnistamattoman linnun, jonka ääni oli kuin itkua tai valitusta. Jotkut uskoivat kuulleensa suorastaan lapsen itkua. Vanhat tarinat olivat monille tuttuja, ja pian pääteltiin, että kysymyksessä on lapsivainaja, metsään haudattu pienokainen.

Äänet kuuluivat suon laidalta, erityisesti erään tunnetun suolammen tai pienen järven lähettyviltä. Kyläläisten tarinoissa lampi oli pohjaton, ja siihen liittyi paljon sellaisia asioita, ettei kukaan oikeastaan halunnut ryhtyä tutkimaan tarkemmin lammen salaisuuksia. Moni kyllä ajatteli, että asialle pitäisi tehdä jotain, mutta kukaan ei tiennyt mitä. Kysyttiin myös pappia lammen rantaan siunaamaan kaikki, mitä siellä oli. Pappi oli kuullut paljon metsästäjien tarinoita lammesta, mutta hän ei halunnut joutua mukaan pakanallisiin uskomuksiin. Sen sijaan hän puhui seuraavana pyhänä saarnassaan oikein tulenpalavasti riettauden synnistä ja sen seurauksista. Kukaan ei kuitenkaan tullut pappilaan tunnustamaan tuollaista syntiä.

Sitten eräs kylän suumpien talojen emännistä kertoi nähneensä unen, jossa vastasyntynyt lapsi itki lammen rannalla. Unessa lapsi oli halunnut kertoa sekä äitinsä että isänsä nimen mutta ei ollut saanut sanotuksi. – Sitten kerron, kun minut etsitään, oli lapsi sanonut. Kertomus emännän unesta levisi koko kylään ja sai monet miehet kalpenemaan. Metsästäjät ja muut metsässä liikkuneet eivät enää nähneet ja kuulleet mitään outoa tai ainakaan eivät niistä kertoneet, jos joku jotain luulikin kokeneensa. Pappikin suositteli, ettei mokomia pakanallisia juttuja enää leviteltäisi. Ihmiset alkoivat karttaa suon ja lammen seutuja eikä siellä enää kuultu tai nähty mitään erikoista. Ennen pitkää asia jo useimmilta unohtuikin.

Anni ja peikot

Aikanaan metsissä ihan vilisi peikkoja, mutta kun ihmisiä alkoi kulkea metsässä enemmän, monet peikot muuttivat kauemmas ihmisistä. Jotkut etsiytyivät vain syvemmälle metsiin, jotkut lähtivät kokonaan näiltä seuduin ja etsivät alueita, joilla voisi elää rauhassa. Eiväthän peikot ihmisiä vihanneet, päinvastoin. Mutta ihmiset eivät sietäneet peikkoja. Kun jossain ihmiset tajusivat, että metsässä asuu peikko, he ryntäsivät joukolla ajamaan peikkoa pois metsästä tai lähettivät metsästäjät peikkojen kimppuun. Jossain kylässä peikkoja yritettiin karkottaa melulla. Ihmiset soittivat kirkonkelloja yötä päivää viikon verran. Siinä alkoi moni ihminenkin varmaan olla valmis muuttamaan muualle. Kun sikäläiset peikot huomasivat, että tarkoituksena oli saada peikot lähtemään, he päättivät yhteistuumin pysytellä vastedes niin tarkkaan piilossa, ettei yksikään ihminen heitä huomaa.

Peikot ovat hyviä piiloutumaan, joten ne voivat kyllä halutessaan pysytellä piilossa ihmisiltä. Mutta varsinkin nuoret peikot tunsivat suurta vetoa ihmisiin, ja ne halusivat paljastumisen uhallakin hiiviskellä kurkkimassa ihmisiä ja näiden kummallisia touhuja. Toisinaan peikot kävivät ihmisten pihapiirissä asti. Tällöin ne tekivät jotain asiaa, tulivat vaikka lainaamaan jotain tarvekalua, joskus tulivat vain katselemaan silmät ympyriäisinä ihmisten rakennuksia ja tavaroita. Jos pihalla oli lapsia leikkimässä, peikot saattoivat pyrkiä mukaan leikkiin, mutta se johti useimmiten lasten säikähtyneeseen pakenemiseen.

Kun ihmiset kävivät metsässä, peikot kurkkivat heitä piiloistaan. Metsästäjiä monet peikot vähän pelkäsivät, mutta marjastajat heitä kiinnostivat kovasti ja vielä enemmän paimenessa käyvät lapset. Joskus kävi niinkin, että peikot nappasivat lapsen mukaansa peikkoluolaan. Joskus tällainen lapsi pääsi kotiinsa muutaman päivän kuluttua, joskus vasta aikuisena, eivätkä kaikki palanneet ihmisten ilmoille koskaan.

Kerran kävi niin, että eräänä kauniina sunnuntaipäivänä kolme lasta lähti metsään poimimaan marjoja ja kukkia äidilleen. Heidän oli tarkoitus mennä vain metsän reunaan, sillä heitä oli ankarasti kielletty menemästä metsään ilman aikuisia. Kesä oli kuitenkin vasta alussaan, eikä minkäänlaisia marjoja näkynyt eikä oikein kauniita kukkiakaan. Lapset kulkivat pitemmälle, hehän pysyttelisivät polulla, joten eksymisen vaaraa ei ollut, eivätkä he menisi kauas, kunhan metsämansikoita vain löytyisi. Mansikoita ei näkynyt, mutta vuokkoja löytyi, ja niitä lapset poimivat kukin ison kimpun. He tähystelivät vielä jonkin aikaa mansikoita, mutta kun yhtä ainoaa ei näkynyt, he päättivät lähteä kotiin. Olivat kukkasetkin sentään jotain.

Lapset eivät tietenkään tienneet, että heitä oli seurannut peikko. Se ei tiennyt, mitä lapset oikein tekivät, mutta lystikkäältä tuollainen kurkotteleminen ja kumarteleminen näytti. Peikko oli hyvin pettynyt, kun huomasi lasten kääntyvän takaisin kohti kotia. Lapsilla näytti olevan hauskaa keskenään, ja peikko muisti oman poikansa, jolla ei ollut kotiluolassa leikkitoveria. Sitten peikko keksi: lapsia oli kolme, heille jäisi kaveri, vaikka yksi olisi poissa. Ja niin peikko hyppäsi esille, tarttui yhteen lapsista ja hävisi saman tien lapsi mukanaan. Toiset lapset tuijottivat sen perään kauhuissaan. He liikahtivat ensin kuin juostakseen peikon perään hakemaan siskonsa takaisin, mutta sitten he kuitenkin kääntyivät ja juoksivat kotiin huutaen täyttä kurkkua. Lapset selittivät yhteen ääneen, miten jokin hyvin iso ja karvainen oli siepannut Anni-siskon. Peikkoja ei metsässä ollut näkynyt vuosikymmeniin, joten peikot eivät tulleet edes kenenkään mieleen, kun miehet sieppasivat aseensa ja kiiruhtivat metsään. He löysivät maahan tallaantuneet vuokkokimput siitä, missä sieppaus oli tapahtunut. Jälkiä ei löytynyt, ei karhun, ei suden, ei lapsen. Etsijät kiersivät metsässä monena päivänä, mutta kadonneesta lapsesta ei löytynyt mitään merkkiä.

Sillä välin Anni oli viety peikkojen luolaan, jossa asuivat peikkovanhemmat poikansa ja vanhan peikkomuorin kanssa. Aluksi tyttö vai itki peloissaan ja aina tilaisuuden tullen yritti juosta tiehensä. Peikkopoika oli kovin ihastunut Anniin ja toi tytölle käpyjä ja kauniita kiviä leluiksi. Vähitellen Anni alkoi kotiutua peikkojen luolaan ja alkoi unohtaa kotinsa. Kun hän joskus näki unia entisestä elämästään ihmisten luona, hän heräsi hämmentyneenä, mutta ei enää ymmärtänyt, että unissa oli todellisia muistoja.

Anni ja peikonpoika kasvoivat, he leikkivät yhdessä ja olivat toistensa parhaat ystävät. He juoksentelivat usein metsässä ja joskus kurkkivat salaa ihmisiä, mutta Anni ei koskaan ajatellut, että hän itse olisi ihminen. Mutta mitä vanhemmaksi Anni tuli, sitä selvemmin hän näki olevansa erilainen kuin muut, varsinkin silloin, kun he tapasivat muita peikkoja. Anni oli pienempi kuin hänen kasvinkumppaninsa, hän oli myös paljon hoikempi ja sirompi eikä läheskään yhtä karvainen. Hän alkoi ymmärtää olevan ihminen, ja peikkoisä kertoikin lopulta hänelle ryöstäneensä Annin ihmisiltä. Anni mietti, pitäisikö hänen palata ihmisten maailmaan. Hänen peikkoperheensä vakuutti, että hän saisi jäädä tai lähteä, miten hän vain itse päättäisi. Mutta hänen peikkoveljensä pyysi, ettei Anni lähtisi. Hän toivoi, että Anni jäisi metsään ja muuttuisi leikkitoverista hänen puolisokseen. Toisaalta Anni olisi halunnut jäädä, mutta toisaalta hän halusi nähdä lapsuutensa kodin ja ihmiset, joiden luona hän oli asunut.

Vuosien vieriessä Annin vanhemmat olivat vanhentuneet ja veljet kasvaneet aikuisiksi. He eivät enää olleet vuosiin etsineet Annia, mutta erityisesti keväällä vuokkojen aikaan he muistivat kadonneen tytön ja miettivät, mitä tälle oikein oli tapahtunut.

Eräänä päivänä pihalle ilmestyi outo, takkutukkainen nainen kummallisissa vaatteissa. Hän jäi seisomaan pihan laitaan ja katseli rauhallisesti ympärilleen. Pihalla leikkivät lapset kiiruhtivat tuijottamaan vierasta naista ja pian paikalle tuli aikuisiakin. He kyselivät vieraan nimeä ja asiaa. Anni ymmärsi puheen, mutta ei osannut vastata. Hän lähti kävelemään taloa kohti ihmiset ympärillään. Kaikki oli erilaista kuin hän oli kuvitellut, mutta kuitenkin hänestä tuntui, että talossa oli jotain tuttua. Anni yritti tavoitella ihmiskielen sanoja ja saikin sanottua yhden sanan: "Äiti". Silloin Annin perhe ymmärsi, että kauan kadoksissa ollut Anni oli palannut.

Kaikki hyörivät Annin ympärillä, puhelivat ja kyselivät. Välillä hän sai vastattua kysymykseen nyökkäämällä tai päätä pudistamalla, joten he tiesivät Annin ymmärtävän. Anni sai päälleen ihmisten vaatteet, ja hän sai syödäkseen ihmisten ruokaa. Perheen lapsia nauratti, kun he näkivät uuden tädin syövän sormin. − Hän tottuu, hän oppii, toistelivat vanhemmat ja veljet. − Pian hän muistaa puheenkin ja kertoo, missä on ollut.

Anni alkoikin pian muistaa ihmisten kielen, mutta hän ei kertonut mitään siitä, mitä hänelle oli tapahtunut. Perhe arveli, ettei Anni halua muistella ikäviä asioita ja he antoivat asian olla ainakin toistaiseksi.

Vanhemmat olivat niin iloisia Annin paluusta, että heidän mielikseen Anni suostui käyttämään vaatteita, jotka tuntuivat epämukavilta päällä. Hän söi ruokaa, joka ei maistunut hyvältä, ja opetteli syömään ihmisten tapaan. Kaikki perheenjäsenet kouluttivat ja opastivat Annia ihmisten tavoille. Annista oli outoa olla ihmisten lähellä. Hän tottui sukulaisiinsa, mutta piiloutui, kun taloon tuli vieraita. Kylällä oli kuultu Annin paluusta ja ihmiset halusivat nähdä tytön omin silmin. Silloin vanhemmat ja veljet komensivat Annin vieraita tervehtimään. Silloin hän tuli, niiasi ovelta ja pyörähti pois. Ihmiset ihmettelivät ja supattelivat. Kadonnut pikkutyttö oli kasvanut aikuiseksi, löytynyt, mutta ei kertonut, missä oli ollut. Se oli kummallista, mutta kiinnostavaa. Eräänä päivänä Anni kuuli vanhempiensa ja veljiensä puhuvan, että pian Annille voisi alkaa etsiä puolisoa. Anni hämmästyi. Hän oli vasta tullut vanhempiensa kotiin ja nyt he halusivat lähettää hänet pois. Vanhemmat vakuuttivat toimivansa Annin parhaaksi, puoliso pitäisi hänestä huolta vielä sittenkin, kun vanhemmat eivät enää voi.

Anni mietti tilannettaan monta päivää. Sitten hän hyvästeli ihmisperheensä ja kertoi lähtevänsä takaisiin metsiin, missä hän oli kasvanut. Vanhemmat vastustelivat, ja veljet ilmoittivat tulevansa mukaan katsomaan, millaiseen paikkaan sisar oli menossa, muuten he eivät päästäisi tätä lähtemään. Anni oli peikkojen luona tottunut siihen, että ihmisiltä pysytään piilossa, joten hän ei halunnut viedä veljiään peikkojen luolalle eikä edes kertoa, minne ja kenen luokse oli menossa. Niinpä hän lähti salaa yöllä. Veljet olivat sopineet pitävänsä Annia silmällä, ja nytkin toinen veljeksistä valvoi ja lähti tytön perään. Anni kuuli veljensä askeleet. Hän oli oppinut piiloutumaan ihmisiltä, ja niinpä hän pujahti metsän kätköön. Veli kierteli ympäriinsä tajuamatta, minne ihmeessä sisar oli saattanut hävitä. Lopulta hän joutui palaamaan kotiin kertomaan, että Anni oli lähtenyt ja kadonnut jonnekin metsään.

Kun veli oli mennyt, Anni hiipi peikkoluolalle ja pyysi lupaa astua sisään. Hänet otettiin riemumielin takaisin, sillä peikkovanhemmat pitivät Annia omana tyttärenään. Kaikkein lämpimimmin Annia syleili peikkopoika, lapsuuden leikkitoveri, ja juhannuksena, saniaisten kukkiessa, vietettiin mahtavat peikkohäät.

Anni oli onnellinen. Elämä peikkojen luona oli huoletonta, paljon vapaampaa ja iloisempaa kuin ihmisten luona, missä oli pitänyt jatkuvasti muistaa sääntöjä ja ohjeita. Ja vielä suurempi ilo Annia odotti, kun hän aikanaan sai oman lapsen, suloisen pikku pojan, jolla oli suloisessa pikku takapuolessaan sievä, pieni peikon häntä.
*

Mutta Annin veljet eivät olleet unohtaneet sisartaan. He olivat käyneet useita kertoja Annin katoamispaikalla mukanaan metsästäjiä kotikylästä ja kauempaakin. Taitavimmatkaan jälkien seuraajat eivät olleet löytäneet mitään. Lopulta eräs vanhempi metsästäjä oli kertonut olevansa varma, että kysymyksessä olivat peikot. Niitä ei sielläpäin ollut kymmeniin vuosiin näkynyt, mutta kaikki sopi yhteen: veljesten muistama olento, joka sieppasi Annin, Annin puhumattomuus ja ihmisten pelko, yhtäkkinen katoaminen metsään. Anni oli peikkojen vallassa.

Metsästäjä kertoi, ettei peikkojen luolaa voi tavallinen ihminen etsimällä löytää. Mies oli hyvin kiinnostunut asiasta, sillä metsästäjänä hän oli kaatanut melkein kaiken, mitä kaadettavissa oli. Hän oli metsästänyt karhuja, susia, ilveksiä, ahmoja, villisikojakin. Mutta peikkoa hän ei ollut koskaan saanut tähtäimeensä. Nyt hän lupasi etsiä noidan, joka pystyisi löytämään tien peikkojen luolalle. Annin perhe iloitsi ajatuksesta, että pian Anni vapautuisi peikkojen vallasta ja palaisi kotiin. He olivat varmoja, että Anni oli palannut metsään peikkojen lumouksen pakottamana.

Kuukaudet kuluivat, tuli syksy ja talvi, mutta metsästäjästä ei kuulunut mitään ennen kuin keväällä, lumen jo sulaessa. Hän ilmoitti viimein löytäneensä vanhan naisen, joka osasi selvittää peikkojen salat ja osoittaa tien kätketylle peikkoluolalle. He lähtisivät matkaan, kun naisen haluamat tarvikkeet olisivat koossa ja he olisivat Annin perheen kotona parin viikon kuluttua. Kun reitti saataisiin selvitetyksi, lähdettäisiin peikkojen pesälle.

Muutaman viikon kuluttua metsästäjä tuli mukanaan pikkuruiseksi kutistunut ikivanha eukko, jolla oli mukanaan iso säkillinen yrttejä ja muita tarvikkeita taikojensa tekemistä varten. Annin vanhemmat eivät pitäneet siitä, että joutuivat ottamaan taloonsa noidan, mutta pakkohan se oli, kun kerran Anni haluttiin löytää. Eukko valmisti outoja keitoksia ja rakensi jotain risuista, höyhenistä ja monenlaisista salaisista ainesosista, joita ei kukaan saanut nähdä.

Kun kaikki oli valmista, eukko lähti johdattamaan metsästäjää ja Annin veljiä metsään. Annin vanhemmat olisivat halunneet mukaan, mutta metsästäjä kielsi, noidan reitti ei välttämättä olisi helppokulkuinen. Vanhemmat myöntyivät, vaikka heidän oli vaikea jäädä kotiin odottamaan Annin löytymistä. He olisivat halunneet saada Annin heti syliinsä ja luvata tälle, etteivät peikot enää koskaan voisi saada valtaansa heidän lastaan.

Metsässä miehet hiipivät noidan perässä. He kulkivat välillä ympyrää ja ylittivät monta kertaa samoja, risteytyviä polkuja.

Välillä noita kohotti risuista valmistamaansa tiennäyttäjää, välillä hän viskasi eteensä kulhollisen valmistamaansa keitosta tai puhalsi ilmaan kourallisen yrttejä. He kiersivät koko päivän iltaan saakka, kunnes lopulta noita totesi, että peikkoluola on suojattu aivan erikoisen voimallisesti ja että hänen olisi valmistettava vielä vahvemmat etsintävälineet. Seurue palasi kotiin ja noita ryhtyi toimeen. Muutaman päivän kuluttua kaikki oli valmista ja miehet lähtivät uudelleen matkaan. Jälleen he kiersivät metsää koko päivän peikkoluolaa löytämättä. Noita sanoi, että hänen on hankittava aivan erityisen voimallisia aineksia, niin seuraavalla kerralla paikka löytyy. Anni veljet eivät enää uskoneet noitaa. He olisivat halunneet ajaa eukon jo matkoihinsa, mutta vanhemmat halusivat jatkaa.

Noita ryhtyi työhön. Nainen supatti metsästäjälle, mitä aineksia hänelle piti hankkia. Metsästäjä näytti kauhistuneelta, mutta lähti matkaan ja toi noidalle lisää salaisia aineksia. Lopulta kaikki oli valmista, ja miehet lähtivät kolmannen kerran metsään. Eräässä polunmetkassa eukko pysähtyi.

– Nyt täytyy yhden jäädä tähän, kaksi muuta jatkaa minun kanssani.

Toinen veljistä lupasi jäädä. Eukko heitti ilmaan jotakin ainetta ja käski hypätä polun sivuun. Toinen veli katsoi hämmästyneenä, kun muut hypähtivät näkymättömiin ja hävisivät hänen silmiensä edessä.

– Nyt olemme peikkojen polulla, sanoi eukko. – Peikkoluola on jossain ihan lähellä. Katsokaa tarkkaan ympärillenne.

Nyt, kun etsijät olivat päässeet peikkojen polulle, luolakin löytyi melko helposti. Veli tarttui Anniin ja veti tämän turvaan, kun metsästäjä ryhtyi tappamaan peikkoja. Anni kirkui, mutta ei pystynyt estämään. Hän näki läheistensä kuolevan silmiensä edessä. Metsästäjä myhäili tyytyväisenä, hän oli hankkinut varmuuden vuoksi hopealuoteja, jotka olivat osoittautuneet tehokkaiksi. Miehet valmistautuivat lähtemään Annin kanssa, kun noita osoitti nyyttiä tytön sylissä ja käkätti:

– Siinä on vielä yksi!

Anni yritti suojella lastaan, mutta miehet ottivat käärön häneltä. Avattuaan nyytin he näkivät lapsen peikonhännän ja tappoivat lapsenkin. Anni huusi ja parkui. Kun miehet lähtivät kuljettamaan häntä hänen ihmiskotiinsa, hän tempoi itseään irti ja yritti päästä palaamaan peikkojen luokse. Miehet tarttuivat tiukemmin kiinni ja lähtivät paluumatkalle noidan ohjaamina. He pääsivät toisen veljen luo ja siitä eteenpäin kotimatka oli helppo. Anni itki ja kulki tahdottomana miesten puolittain raahaamana. Anni oli pelastettu, mutta hän ei kiittänyt pelastajiaan eikä enää koskaan mennyt metsään. Hän liikkui mykkänä tuvassa ja pihapiirissä ja jäi usein istumaan hiljaa eteensä tuijottaen. Hän eli vanhaksi, aikanaan veljien lastenlapset ja näiden lapset arastelivat hiljaista mummoa, joka ei koskaan puhunut eikä nauranut, mutta silitti joskus lähelle pysähtynen lapsen hiuksia surullisen näköisenä.

Runonkeruumatkalla

– Luulen, että me olemme eksyneet polulta. Tämä on pelkkää upottavaa suota. Ruskialassa varoittivat, että Hiisisuo on valtava ja että jos eksyy, sieltä ei löydä koskaan pois. Minusta alkaa tuntua, että kohtalomme on kuolla tänne suolle. Keisarillinen Aleksanterin-yliopisto menettää kaksi arvokasta opetuslastaan.

– Pahaa pelkään, että minun on yhdyttävä arveluusi, veli hyvä. Kunpa emme olisi lähteneet oikopolulle. Olemme kävelleet varmaan kymmeniä virstoja ja olen polviin saakka märkä. Antaisin mitä tahansa kuivista vaatteista, muhkeasta ruokapöydästä ja pienestä paloviinatilkkasesta aterian päälle.

– Haaveita, haaveita, veli Hartlin. Mutta kyllä ruoka jo maistuisi minullekin. Siitä on jo kauan, kun tyhjensimme kontista viimeiset eväitten rippeet. Ehdottaisin lepotaukoa, mutta nuo hyllyvät mättäät eivät houkuttele istumaan. Ehkä olemme kiertäneet kehää jo pitkään, täällähän ei ole mitään kiintopisteitä suunnan ottamiseen, suonsilmäkkeitä, mättäitä, joku matala pensas. Mutta katso, onko tuonne uponnut kokonainen hirvi, näyttäisi sarvilta.

– En katso, ajatus kammottaa minua. Että melkein jalkojemme alla olisi uponneena suuria eläimiä. Askel harhaan, ja mekin olemme suonsilmässä ikuisesti näkymättömissä.

– Äläpäs sentään sellaista manaa! Sitä paitsi luulen, että sittenkin tuo on vain oksankarahka. Eipä tekisi mieli mennä katsomaan lähempää kuitenkaan.

– No ei, ei tosiaankaan... Mutta katsopas tuonne! Eikös olekin pitkospuita! Olemme polulla sittenkin!

– Toden totta, pitkospuita ovat. Vähän huonoilta näyttävät, mutta ehkä meidät kantavat. Elämämme ei sittenkään pääty tuntemattomalle suolle kauas ihmisasutuksesta!

– Uskoni selviytymiseen oli jo mennyt. Sanonpa sinulle veliseni, etten taida enää toiselle runonkeruumatkalle lähteä, kun täältä joskus palaamme.

– Älä puhu, tämähän on seikkailu, hyvä veli. Melkein kuolimme suolle, mutta sitten löysimme kylän ja kaikki päättyi hyvin. Siitä kelpaa kertoilla... Ja sitä paitsi, mehän saimme hyvän keruusaaliin Ruskialassa. Kun seuraavissa paikoissa vielä yhtä hyvin onnistaa, kelpaa meidän tuloksiamme esitellä.

– Siinä olet oikeassa. Yksi hampaaton vanha ukko lauloi minulle kymmeniä hyviä säkeitä Väinämöisestä ja enemmänkin olisi osannut, mutta alkoi olla niin juovuksissa, ettei kieli enää

68

kääntynyt lauluun. Ja sellainen vanha eukko, jolta en aikonut mitään kysellä, lauleli omasta aloitteestaan joitakin naisten lauluja, turhanpuoleista, mutta otin talteen nekin.

– Ihmeellistä se on näiden ihmisten runonlaulutaito. Meidän kortteerissamme emännän isoisä, se ikivanha sokea ukko, muisti muutamia hienoja runoja, jotka sain talteen vielä sillä aikaa, kun sinä olit jo kyselemässä tietä Vankaisiin.

– Ihmeellistä kyllä, kyllä tosiaan, ja tuntuvat nuo vielä uskovankin noihin loitsuihinsa ja muihin loruihinsa. Mutta näkyykö tuolla edessä valoa? Onko siellä kylä vai virvatulia?

– Taloja siellä on, voi taivaalle kiitos!

*

Kylä oli pieni, vain muutama talo, mutta siellä otettiin kulkijat vieraanvaraisesti vastaan. Eipä aikaakaan, kun nuoret ylioppilaat oli saatettu lämpimään saunaan, ja sen jälkeen tarjottiin maukkaita piirakoita. Ylioppilas Hartlinin toivoma paloviinaryyppykin löytyi, ja maistui se ylioppilas Wennlöfillekin. Suolla kastuneitten jäsenten vahvistukseksi taidettiin ottaa useampikin kupillinen.

Miehet saivat kuulla, ettei kylä ollut Vankainen, jonne he olivat kuvitelleet päätyvänsä, vaan Hiidenmäki. Kylä sijaitsi keskellä Hiisisuota, sinne johti vain muutama polku. Muukalaisia ei kylässä usein käynyt.

– Joku metsästäjä Vankaisista tai Ruskialasta joskus, eksyneitä tavallisesti, harvoin kukaan tulee tänne tarkoituksella. Kiertävät kauppiaatkaan eivät tänne löydä, kertoili yksi kylän ukoista. Mies vaikutti arvovaltaiselta, oli ehkä kylänvanhin.

– Saatte mieluusti viipyä pitempäänkin, mutta aamulla opastamme teidät Vankaisiin johtavalle polulle, jos haluatte lähteä. Vaikka kesäyö on valoisa, sen verran jo hämärtyy, ettei enää tänään ei ole suolle menemistä. On oltava tarkkana, ettei eksy polulta. Suo on suuri, ja paikoin siellä on syviä lampareita, joihin uppoaa muutamassa hetkessä.

Kylänvanhin kertoi nimensä olevan Antti, Karhu-Antiksi häntä sanottiin, kun oli kuulemma tullut joitakin karhuja tappaneeksi. Hän tarjosi tuvassaan yösijan toiselle miehistä, toinen saisi nukkua Hillervon Matin Juoneksen talossa.

– Hauska tapa tuo luetella puoli sukua nimen yhteydessä, naurahti Hartlin puoliääneen Wennlöfille. – Sopiiko, että minä jään tänne ja yritän saada kuullakseni metsästystarinoita, ja sinä menet sinne, mikä Hillevi olikaan?

– Sopii, sopii. Mieluusti katselen vähän kylää ja piirrän hiukan ennen nukkumaanmenoa.

Wennlöf kysyi kohteliaasti luvan piirtämiseen ja saikin sen ilman muuta. Hän otti piirustusvälineet mukaansa ja lähti kuljeskelemaan ulos pysähtyen välillä luonnostelemaan paperille jonkin talonnurkan, ikkunanpielen tai muun kiinnostavan yksityiskohdan. Kylässä oli neljä taloa ja muutamia ulkorakennuksia, joten se oli nopeasti kierretty, mutta kiinnostavaa piirtämistä oli paljon. Ylioppilas Wennlöf oli hyvin kiinnostunut vanhanaikaisesta rakennusperinteestä ja haaveili tekevänsä aiheesta tutkimuksen joskus. Aikansa kierreltyään Wenlöf istuutui kivelle kylän laitaan ja alkoi hahmotella yleiskuvaa kylästä.

– Oi, sie piirrät meidän kylän! Saako katsoa?

Puhuja oli nuori nainen, joka oli liikkunut niin äänettömästi, että Wennlöf hätkähti äänen kuullessaan.

– Katso toki, mies naurahti. En ole mestaripiirtäjä, mutta yritän parhaani.

– Kylä näyttää paperilla kovin pieneltä. Ovatko muut kylät samanlaisia kuin tämä meidän?

– Onhan kyliä monenlaisia... Vankainen kai on aika lailla tätä isompi ja kyllä Ruskialassakin oli kymmenkunta taloa. Olet kai ne nähnyt.

– Ei, en ole. En ole koskaan käynyt muualla. Täällä kylässä vain ja joskus suolla karpaloita poimimassa Hillervon Matin Liisan kanssa. Hän on isoäitini ja osaa liikkua suolla. Onko sinun kotikyläsi iso?

– No, onhan se melkoisesti Hiidenmäkeä isompi, naurahti Wennlöf ja ajatteli kotikyläänsä Kesäjärveä ja opiskelupaikkaansa Helsinkiä. – Kesäjärven kirkonkylässä, jossa vanhempani asuvat, on monta kymmentä taloa. Olen aina ajatellut, että se on pieni paikka, mutta täälläpäin kylät ovat paljon pienempiä. Mutta teillähän ei ole omaa kirkkoa, käydäänkö täältä Vankaisissa vai Ruskialassa?

– En tiedä, ei meidän kylästä taida juuri kukaan olla kirkossakävijä... Karhu-Antin tuvassa kokoonnutaan, kun on tarpeen.

Wennlöf vilkaisi tyttöä sivusilmällä. Tämä hypisteli kaulassaan olevaa riipusta ja katseli maahan. Tyttö oli suloinen, hoikka kuin pajunvitsa ja paksut letit laskeutuivat pitkälle selkään. Tyttö käänsi katseensa Wennlöfiin ja ehdotti:

70

– Voisin näyttää vielä yhden mökin, jos kiinnostaa. Se on kyllä jo melkein romahtanut, mutta sinne ei ole pitkä matka. Siellä asui aikanaan Kuoppa-Toke, jota sanottiin noidaksi. Siellä kasvaa myös sellaisia kasveja, joita en ole muualla nähnyt.

– Miksikäs ei, käydään vain katsomassa, tuumi Wennlöf ja taittoi piirustuslehtiön kainaloonsa. Mutta kerro ensin nimesi!

Tyttö punastui suloisesti ja sanoi: – Nimeni on Varpu, mutta kaikki sanovat minua Vaapukaksi.

Wennlöf ojensi kätensä ja sanoi: – Hauska tutustua, Varpu. Minä olen Wennlöf, hmm... Werner Wennlöf.

Tyttö epäröi hetken, mutta tarttui sitten ojennettuun käteen ja kuiskasi: – Hauska tutustua, Werner Wennlöf.

Tyttö osoitti suunnan läheiseen mökin luokse, ja todellakin, mökin takaa lähti pieni poluntapainen. Matka ei ollut pitkä, mutta pensaikko peitti mökinrauniot kylästä päin. Mökki oli romahtanut kasaan, katon jäännöksillä kasvoi jo pensaikkoa, joten mökki oli selvästi ollut raunioina jo vuosia.

– Sanoit, että täällä on asunut noita. Kauanko siitä on aikaa?

– En tiedä, ennen minun syntymääni kuitenkin. Kerrotaan, että Kuoppa-Toke osasi seisauttaa veren ja löytää varkaat. Hän myös tiesi paljon asioita etukäteen.

– Mistä tuollainen nimi on tullut, Kuoppa-Toke? kysyi Wennlöf. Hän ei oikeastaan ollut vähääkään kiinnostunut noidasta, mutta hänestä oli mukava olla tytön seurassa.

– En tiedä sitäkään. En tiedä oikein mitään.

Tyttö näytti surulliselta, ja Wennlöf pelkäsi tämän ehdottavan paluuta kylään, joten hän sanoi nopeasti: – Sanoit, että täällä kasvaa erikoisia kasveja. Jos löydät niitä nyt, voisin vaikka piirtää niitä.

– Oi niin, tule katsomaan! Täällä!

Tyttö juoksi mökinraunioitten sivustaa ja kyykistyi maahan. Hän osoitti parinkymmenen sentin korkuista kasvia, jonka lehdet muistuttivat hiukan suuria, leveitä avaimia.

– Tämä on noitakasvi. Näitten kasvien avulla Kuoppa-Toke pystyi avaamaan kaikki lukot, kuiskasi tyttö. Wennlöf tarkasteli kasvia kiinnostuneena. Hän ei muistanut koskaan ennen nähneensä sellaista, mutta oli kuullut kasvista botaniikkaa opiskelevalta serkultaan. Tämä oli kertonut, että kansa nimitti noidanlukoksi kasvia, joka muistutti avainta ja jolla luultiin olevan taikavoimia. Wennlöf otti piirustusvälineet esille ja hahmotteli paperille kuvan

71

oudosta kasvista. Kun kasvi oli piirretty, Wennlöf vilkaisi tyttöä ja paperin kulmaan alkoi muotoutua pieni kuva lettipäisestä tytöstä. Vaapukka alkoi nauraa kihertää: – Werner Wennlöf piirtää kummallisia kasveja!

– Älä nyt käänny pois, en saa kuvaa valmiiksi! Ethän halua jäädä ilman nenää!

Wennlöf tarttui tyttöä olkapäästä kuin kääntääkseen tämän takaisin, mutta vetikin tytön syliinsä. Vaapukan sormet upposivat miehen hiuksiin nuorten suudellessa. Kun heidän huulensa erosivat toisista, he katsoivat hetken toisiaan silmiin – ja suutelivat uudelleen.

– Ota minut mukaasi, kun lähdet kylästä! kuiskasi Vaapukka. – Lupaa!

– En voi ottaa sinua mukaani nyt, mutta lupaan, että palaamme tätä kautta ja otan sinut mukaani silloin. Uskothan?

Vaapukka ei vastannut, vaan painautui tiukemmin miestä vasten. Mies tunsi tytön hengityksen lämpimänä kaulallaan. He suutelivat uudelleen, ja vielä kerran, ja ennen kuin oikein tajusivatkaan, he rakastelivat pehmeällä sammalpatjalla.

Jälkeenpäin Wennlöf silitti Vaapukan hiuksia ja sanoi: – Lähdemme aamulla Vankaisiin ja sieltä vielä eteenpäin yhteen tai kahteen kylään. Sitten lähdemme paluumatkalle. Tulemme tätä kautta ja otan sinut mukaan, sinä suloinen Vaapukka.

Tyttö katsoi totisena Wennlöfiä silmiin ja kuiskasi: – Luulen, ettet palaa, vaan unohdat minut.

– En ikinä unohda sinua ja vannon, että palaan!

Vaapukka otti kaulaltaan riipuksen ja sanoi: – Minulla ei ole mitään muuta annettavaa, mutta ota tämä. Laita se talteen, niin muistat minut.

– Laitan sen kaulaani, kuiskasi Wennlöf. – Mutta muistan sinut kyllä muutenkin.

– Älä laita kaulaan, pidä piilossa ja tallessa, kunnes tulet takaisin.

– Hyvä on, laitan sen piirustuslaatikkooni, josta löydän sen ja voin katsella sitä, kun kaipaan sinua. Mutta kas, tämä riipushan on melkein samannäköinen kuin nuo kukat, joita näytit. Käärin sen nenäliinaani ja laitan piirustuslaatikon lokeroon, katso, tänne.

Vaapukka nauroi. – Sitten muistat minut! Mutta kuuntele, isoäiti huutelee sinua nukkumaan.

– Ai minua, eikä hän ennemmin huhuile sinua?

– Ei, kesällä minä kuljeskelen joskus yölläkin ja nukun aitassa kun väsyttää. Voin mennä ja tulla mieleni mukaan. Mutta sinun pitää mennä nyt nukkumaan, että jaksat lähteä aamulla ja palata sitten myöhemmin. Lupaathan?

– Kyllä lupaan, varmasti. Mutta mehän näemme vielä aamulla?

– En usko. Ja luulen, että niin on parempi. Ei kerrota kenellekään mitään meistä ennen kuin palaat ja viet minut mukanasi.

Muutamien nopeitten suudelmien jälkeen Wennlöf lähti vastahakoisesti sisälle. Vastoin odotuksiaan hän nukkui makeasti. Aamulla hänelle tarjottiin suuri kupillinen puuroa. Hartlin myhäili tyytyväisenä, hänkin oli nukkunut hyvin ja saanut hyvän aamiaisen. Ystävälliset kyläläiset antoivat miehille vielä evästä mukaan.

Karhu-Antti itse saattoi heitä vähän matkaa ja osoitti polun, jota heidän piti seurata päästäkseen naapurikylään Vankaisiin. Karhu-Antti toisti useita kertoja, etteivät miehet saisi missään tilanteessa poiketa polulta. Suo näytti samanlaiselta kaikkialla, olisi mahdoton löytää polkua uudelleen. Hän kertoi, että suolla oli kohtia, joissa sammalen alla oli monta syltä mustaa vettä. Polulta sivuun astuminen voisi olla kohtalokasta.

Varoitusten jälkeen Karhu-Antti palasi takaisin kohti kylää ja nuoret miehet lähtivät tyytyväisinä kulkemaan polkua pitkin.

– Hyvinhän meidän tässä kävi, vaikka huonolta eilen näytti. Kyllä nyt kelpaa astella; selvä polku edessä ja reppu täynnä eväitä. Ja sainpa tosiaan kuulla mojovia karhujuttuja eilen illalla! On tuo Antti ollut melkoinen metsämies aikoinaan. Mutta nykyään hän kuuluu vain lintuja ja muuta pienriistaa pyytävän.

Wennlöf ajatteli Vaapukkaa ja vastasi: – Hyvään kylään päädyimme, vaikka ei ollutkaan aikomamme. Taisi kohtalo meitä johdattaa.

– No, eipä tuo vanha kehno meitä vielä saanut napatuksi. Ei onnistunut suolle eksyttämään, vaikka sai peloteltua hiukkasen, naureskeli Hartlin.

Miehet kulkivat tasaista tahtia eteenpäin nauttien kauniista päivästä. Kumpikin mietti omiaan, vaikka toisinaan vaihtoivat muutaman sanan. Puolilta päivin he pysähtyivät syömään eväitä, silloinkin huolellisesti varoivat poistumasta polulta. Syönnin jälkeen olisi ollut mukava vähän levätä, mutta kun lepopaikkaa ei suolla ollut, matka jatkui hiljakseen. Ennen pitkää hyllyvä lettosuo alkoi vaihtua korpimaisemaan ja myöhemmin vehreään metsään. Jostain kuului paimentorvi, johon lehmä vastasi ammumalla.

– Taidetaanpa juuri tulla Vankaisiin, veli Wennlöf. Asutuksen ääniä.

Wennlöf myönteli, ja kohta miehet näkivätkin pulskan lehmilauman paimenineen. Keskenkasvuinen poika paimentorvi kädessään töllötti suu auki hienoja ylioppilasherroja.

– Vankaisten kylä taitaa olla edessämme, vai kuinka, huikkasi Wennlöf, mutta poika ei vastannut, tuijotti vain.

– Eipä täällä taida juuri kaupunkilaisia käydä, naurahti Hartlin. – Ollaanpa nyt oikein nähtävyys.

Molemmat miehet astelivat hymyssä suin eteenpäin. Metsän laidassa heidän eteensä avautui kylämaisema, jossa taloja ulkorakennuksineen näytti riittävän silmänkantamattomiin.

– Tämähän onkin iso kylä, totesi Wennlöf hyväksyvästi.

– Toden totta! Tiesinkin, että Vankainen on suurimpia kyliä näillä main, mutta en sentään tällaista osannut odottaa.

Kulkijat otettiin hyvin vastaan ja heidät majoitettiin kylänvanhimman luokse. Kyselyihin runontaitajista heille todettiin, että jokainen on niitä oppinut, mutta varmemmin joutaisivat vanhukset laulamaan. Suoralta kädeltä kylänvanhin nimesi muutaman hyvämuistisen ukon, joka ei enää juuri jaksanut lähteä pirtistä työhön, ja olisi siten sopiva laulattamiseen.

Hartlin ja Wennlöf viettivät kylässä pari työteliästä viikkoa. He saivat kokoon niin hyvän saaliin, että he päättyvät luopua käynnistä seuraavassa kylässä ja alkoivat suunnitella paluumatkaa. Hartlin kuitenkin vastusteli Wennlöfin suunnitelmaa palata takaisin Ruskialaan Hiidenmäen kautta. Hartlin ei pitänyt ajatuksesta lähteä petolliselle suolle ja Hiidenmäessä pitäisi yöpyä, mikä vielä hidastaisi kotimatkaa. Lopulta Wennlöfin oli pakko kertoa Vaapukasta ja siitä, että hän oli luvannut paluumatkalla ottaa tytön mukaansa.

– Kas kas, naureskeli Hartlin. – Minä en sellaisia metsämarjoja kylässä nähnyt, enpä juuri nuorta väkeä muutenkaan, mutta veli Wennlöf on löytänyt aarteensa. Liekö peräti kihlat mielessä? Mitäpäs sanoo isäsi nimismies Wennlöf ja varsinkin rouva äitisi ajatuksesta ottaa sukuun oppimaton mökintyttö syrjäseudulta?

– En ole niin pitkälle vielä miettinyt, myönsi Wennlöf. – Mutta kun tuli luvatuksi, haluan lupaukseni pitää. Ja jos asiat etenevät

74

pitemmälle... ei kenelläkään voi olla mitään Vaapukkaa vastaan, hän on herttainen ja suloinen tyttö.

– Kyllä meidän sitten täytyy tehdä vielä kerran tuo kauhea suomatka. Toivottavasti saamme täältä hyvän oppaan mukaamme, muuten emme kyllä uskalla enää suolle lähteä.

Oppaan löytäminen oli helpommin sanottu kuin tehty. Ystävykset kyselivät useammaltakin kyläläiseltä opastusta, mutta kukaan ei tuntunut ehtivän.

– Minusta alkaa tuntua, että meille esitetään tekosyitä, arveli Wennlöf synkästi saatuaan taas yhden kieltävän vastuksen.

– Toden totta, miten jokaisella onkin kohta poikiva lehmä tai sairas sukulainen, ettei juuri nyt sovi lähteä kylästä, myönsi Hartlin. – Mutta kyllä meidän opas täytyy saada. Viimeksi suolla kulkiessamme olin jo varma, että kuolo meidät korjaa. Kysytään kylänvanhimmalta, eiköhän hän osaa neuvoa jonkun, joka voi lähteä maksua vastaan opastamaan.

Kylänvanhin näytti mietteliäältä kertoessaan, ettei hän varmaakaan pystyisi löytämään kulkijoille opasta. Jonkin aikaa epäröityään hän kertoi syynkin: – Asia on niin, että suolla ei ole etsimäänne kylää. Hiidenmäen kylä on joskus ollut olemassa, mutta siellä ei ole ollut asukkaita miespolviin. Kerroitte käyneenne siellä tullessanne, mutta se on mahdotonta. Suon huurut ovat sekoittaneet päänne tai metsänhaltiat ovat leikitelleet kanssanne ja saaneet teidät uneksimaan. Olen itse poikasena käynyt isäni kanssa Hiidenmäen kylän paikalla, kaikki rakennukset olivat lahonneet kasaan aikoja sitten.

Ylioppilaat seisoivat hetkin hiljaa paikoillaan yrittäen käsittää kuulemansa.

– Tuntuu uskomattomalta, Hartlin sanoi. – Tuntuu ihan uskomattomalta, että olisimme vain uneksineet kylän. Se tuntui niin todelliselta.

– Jos lähdette kohti Ruskialaa, saatte varmasti oppaan mukaanne ja oppaattakin löydätte kyllä perille. Tie on hyvin näkyvissä, siitä pääsee kärryilläkin ajamaan.

Hartlin katsoi myötätuntoisesti Wennlöfiä, joka seisoi paikallaan kalpeana. – Kuule veli, jospa minä käyn kysymässä hiukan evästä meille matkaan. Istu sinä tässä hetki ja vedä henkeä. Tämä oli aikamoinen yllätys.

Wennlöf ei saanut vastatuksi, nyökkäsi vain. Hän istuutui aitan portaille ja ravisteli päätään epäuskoisena. Että Hiidenmäen kylä oli vain unta! Eikä vain kylä, vaan kaikki, mitä siellä oli tapahtunut. Rintaan sattui, kun sitä ajatteli. Vaapukka, tuo suloinen pikku Vaapukka. Wennlöf painoi pään käsiinsä ja voihkaisi. Hän muisti, miten sileiltä olivat tuntuneet Vaapukan pitkät letit ja miten pehmeältä hänen ihonsa. Se kaikki – pelkkää unennäköä! Vai oliko sittenkään?

Mies otti esille piirustuskansionsa ja käänsi vapisevin käsin sivuja taaksepäin. Vankaisten kuvien jälkeen tuli kuvia Ruskialasta. Niiden välissä ei ollut ainoataan kuvaa Hiidenmäen taloista. Wennlöf tunsi halua itkeä. Yksi muisto Hiidenmäestä piirustuskotelon sivulokerossa kuitenkin oli: taitettu nenäliina, jonka sisällä oli kuivunut kasvi, pieni noidanlukon lehti.

Rakkaustarina

Anna oli pienen mökin tyttö, perheessä vanhemmat ja pari lasta, poika ja tytär. Perheen isä oli hiljainen mies, kova tekemään töitä ja nuorena hyvä tanssimaan. Sen tanssitaidon takia hän kai vaimonkin sai, vaikka myöhemmin vaimo muisteli joskus hiljaa itsekseen niitä varakkaampia kosijoita, joita oli torjunut. Oli ollut niin ihanaa liidellä tanssilavan kuningattarena.

Lapsilleen äiti toivoi menestystä. Poika oli hiljainen ja yksivakainen, ehkä isäänsä tullut, vaikka ei välittänyt tanssimisesta. Äiti osoitteli pojalle kylän talojen tyttäriä: tuosta tai tästä kasvaa vielä hyvä vaimo, joka ei tule pesään tyhjin käsin. Poika teki muuten kaikessa äidin mieliksi, mutta naima-asioissa hän ei äidin puheista paljon piitannut. Eräänä päivänä hän toi kotiin morsiamenaan naapurista piikatytön, joka oli kyllä reipas, työteliäs ja muuten olisi ollut äidillekin mieleinen, mutta oli kovin pienistä oloista lähtöisin.

Tytär Anna oli vaalea, punaposkinen ja nauravainen. Kaunis ja osaava tyttö, joka kelpaisi emännäksi isoonkin taloon, äiti suunnitteli. Poika jää vaimoineen tähän mökkiin, lapsia syntyy. Yksi lehmä navetassa, tämä pieni kivinen pelto, heille se riittää. Mutta tytär, hän avioituu oikeaksi emännäksi, joka kantaa vyöllään isoa avainnippua ja komentaa piikoja. Voita ei tarvitse säästellä myyntiin, sitä riittää joka päivä kotonakin syötäväksi. Makkaroita tehdään syksyllä varastot täyteen. Vanhemmatkin saisivat nauttia tyttären hyvinvoinnista. Tytär kävisi usein ja toisi aina tuomisia, ellei peräti ottaisi vanhempiaan luokseen asumaan. Äidillä oli haaveensa, mutta tyttärellä ei ollut niistä tietoa. Eihän hän tosin olisi äidin suunnitelmista välittänyt, vaikka olisi niistä tiennytkin. Hän oli rakastunut.

Metsässä, pienen lammen rannalla, oli ihana, salainen paikka rakastavaisten tavata toisiaan. Kesällä Anna nukkui aitassa, sieltä oli helppo hiipiä kenenkään huomaamatta salaiseen kohtaamiseen. Aamuisin Anna haukotteli, kun äiti koputteli aitan ovelle herätystä aamulypsylle mennessään, olihan yö usein kulunut melko pitkälle rakastetun sylissä. Mutta Anna oli nuori ja onnellinen, hän jaksoi tehdä työnsä vähälläkin unella. Koko kesän hän kulki hymy huulillaan ja lauleli töitä tehdessään. Käly katseli Annaa joskus hiukan mietteissään, mutta toiset arvelivat tytön vain nauttivan kesästä, jos nyt sen kummemmin huomasivat hänen iloisuuttaan.

77

Mutta kylällä joku oli kiinnittänyt huomionsa nauravan, onnesta hehkuvaan tyttöön. Eihän Anna paljon ollut kylillä kulkenut, ei muutenkaan eikä varsinaan nyt, kun ihana salaisuus odotti toisaalla. Mutta juhannuskokolla hän kävi ja sen jälkeen pari kertaa keinulla, ja se riitti. Eräs kylän rikkaimmista isännistä oli nähnyt tytön ja mieltynyt kovasti sorjaan vartaloon, vaaleisiin letteihin, kirkkaisiin sinisilmiin ja nauravaan suuhun. Isäntä oli iäkkäänä mennyt naimisiin, hänen nuori vaimonsa oli suurella tuskalla synnyttänyt epämuodostuneen lapsen ja kuollut pian synnytyksen jälkeen. Kohtuullisen suruajan jälkeen mies oli nainut uudelleen. Uusi vaimo oli kestänyt ensimmäisen synnytyksen, mutta menehtynyt lapsivuoteeseen toisen tyttären synnyttyä. Nyt ei tarvinnut viettää suruaikaa, oli selvää, että pienokaisille tarvittaisiin uusi äiti niin pian kuin suinkin. Ja isäntä oli valinnut Annan.

Annan äiti oli onnesta suunniltaan. Nyt toteutuisi se, mistä hän oli aina haaveillut. Hän pakkasi omia korujaan Annalle tämän kapiokirstuun ja harmitteli, ettei tyttärellä ollut sen kummempia myötäjäisiä. Hän suunnitteli mahtavaa hääjuhlaa, johon kutsuttaisiin kaukaisimmatkin sukulaiset. Vaikka Anna kertoi, ettei aikonut mennä puolisoksi isäänsä vanhemmalle miehelle, äiti kieltäytyi kuuntelemasta. Isä yritti sopuisasti puhua Annalle turvatusta elämästä varakkaassa talossa. Puhuttaessa sulhasen iästä veli vitsaili, että Annasta saattaisi piankin tulla rikas leski. Eikö sellainen ajatus yhtään houkutellut? Käly laittoi lusikkansa soppaan kertomalla vatsaansa taputellen, että vanhemmat olivat luvanneet siirtää mökin pojalleen vuodenvaihteessa, kun heidän ensimmäinen lapsenlapsensa olisi syntynyt. Jos Anna menisi naimisiin, heidän pitäisi silloin varmaan palkata avuksi piika ainakin vähäksi aikaa. Mutta jos Anna itsepäisesti jää kotiin, säästyvät nekin pennoset, Annahan hoitaisi maksutta piian tehtävät.

Ei Anna aikonut ilmaiseksi piiaksi kotiin jäädä. Hänellä oli aivan muita suunnitelmia, suloisia, salaisia suunnitelmia täynnä ikuista onnea. Nyt pitäisi vain saada viesti rakkaalle! Ilmojen viilentyminen oli pakottanut Annan siirtymään sisälle nukkumaan ja lopettanut myös ihanat lemmenhetket lammen rannalla. Anna päätti kuitenkin hiipiä lammelle ja jättää huivinsa sinne merkiksi, että hänellä on tärkeää asiaa. Varmaan rakas siellä myös kävisi

Annaa ajatellen? Huivin nähdessään hän tulisi Annaa tapaamaan, ehkä jopa heti suoraan vanhempien luo Annan kättä pyytämään. Iloisissa mietteissä Anna kiiruhti lammelle, mutta pysähtyi kauemmas kuullessaan ääniä. Hänen oma rakkaansa oli siellä jonkun toisen kanssa. Mies vakuutti rakkauttaan toiselle samalla tavalla, jopa aivan samoin sanoin kuin oli puhunut Annalle. He suutelivat, suutelivat pitkään ja sitten vielä uudelleen. Itkua nieleskellen Anna kääntyi ympäri palatakseen kotiinsa, mutta jäikin piiloon pensaiden suojaan nähdessään lemmenparin tekevän lähtöä. Heidän mentyään Anna käveli lammelle ja sitoi huivinsa sen puun oksalle, jonka alla hän oli viettänyt elämänsä ihanimmat hetket. Eipä ollut kokematon Anna ymmärtänyt, että nuori mies oli ehtinyt jo tuoda monia tyttöjä salaiselle kohtauspaikalle. Miehen mielessä oli vain hetken ilo, ja ikuisen rakkauden vala vieri hänen suustaan helposti ja ajattelematta. Mies halusi pitää kaiken salassa, etteivät entiset suhteet häiritsisi uusia valloituksia. Anna astui lampeen. Rannassakin vettä oli yli metrin, ja kylmä vesi sai hengen salpautumaan. Soinen pohja upotti heti ensi askelilta, ja muutaman askeleen jälkeen lampi syveni edelleen. Pohjattomaksi sitä oli joskus väitettykin. Tuuli heilutti hiljakseen rannan lepässä roikkuvaa kirjavaa huivia, mutta lammen pinnalla ei enää näkynyt muuta kuin pieni vesipyörre.

Marjatan tarina

Kerran eli nuori nainen, Marjatta nimeltään. Hän oli herttainen ja kiltti tyttö, vanhempiensa ilo. Sisarustensa kanssa hän ei riidellyt juuri koskaan, vaan kiistatilanteessa antoi aina iloisena periksi. Varttuessaan hän oli aina se, joka myönsi olleensa väärässä ja suostui tekemään ikävämmän tai raskaamman työn hymy huulillaan. Vanhemmat joskus oikein ihmettelivät, miten tyttö voi olla niin kiltti ja mukautuvainen, mutta hyviä ominaisuuksiahan ne olivat naiselle.

Marjatta oli siis vanhemmilleen ihannetytär. Kummallista oli se, etteivät sisarukset oikein kovasti pitäneet hänestä, sillä hän tuntui olevan liiankin kiltti. Lapsena hän ei koskaan lähtenyt mukaan vallattomuuksiin ja riidoissa hän oli aina ensimmäisenä pyytämässä anteeksi. Tuntui kuin mikään ei olisi merkinnyt Marjatalle mitään, hän oli aina valmis luopumaan ja valitsemaan toisen vaihtoehdon, jos se sopi muille paremmin. Niinpä hän jäi usein perheessä jollakin tavoin ulkopuoliseksi.

Syksyisin kerättiin tietenkin marjoja, mutta Marjatta kävi metsässä usein yksinään. Se sopi hänelle itselleen hyvin, mutta oli myös sisarille mieleen. Erään kerran kävi niin, että Marjatta nukahti metsään. Hän oli ahkeroinut kodin syystöissä uuvuksiin saakka ja yöunet olivat jääneet vähiin. Metsässä hän oli ryhtynyt poimimaan marjoja, mutta asettunut sitten vähäksi aikaa lepäämään pehmeälle mättäälle. Marjatta nukahti ja näki unia.

Marjatta oli käynyt joitakin kertoja kylän keinulla sisarustensa kanssa, ja muutaman kerran vanhempien mukana kokolla. Valveilla hän ei kuitenkaan ollut koskaan nähnyt sellaisia ihmeitä, mitä hän näki unissaan. Marjatan unet olivat täynnä kaikkea niin ihmeellistä, ettei hän olisi osannut sanoilla kuvata näkyjään. Monet kotona kertoivat aamuisin uniaan ja pohtivat yhdessä, mitä kenenkin uni merkitsi. Erityisesti Marjatan isoäitiä pidettiin taitavana unienselittäjänä, ja häneltä joskus miehetkin hiukan salavihkaa kysyivät unistaan, vaikka usein nauroivatkin unien pohtimiselle akkojen höpinänä. Marjatta ei kuitenkaan koskaan kertonut uniaan isoäidille eikä kenellekään muullekaan, hän halusi pitää ne omana salaisuutenaan.

Niitä ihmeellisiä unia Marjatta nytkin näki maatessaan sammalvuoteellaan. Huivin hän oli levittänyt peitteekseen, ja toinen käsi oli posken alla. Nukkuvan tytön huulet olivat hienoisessa hymyssä ja posket melkein yhtä punaiset kuin puolukat hänen korissaan.

Jostain kuului koiran haukuntaa ja Marjatta havahtui unestaan. Hän venytteli hetken ja ajatteli, ettei ollut pitkään aikaan nukkunut yhtä hyvin ja herännyt yhtä virkeänä. Kori oli marjoista vasta puolillaan, joten Marjatta ryhtyi nopeasti poimimaan lisää. Hän halusi palata kotiin täysinäisen astian kanssa, mutta toisaalta hän ei halunnut jäädä metsään liian pitkäksi aikaa, joten hän poimi ripeästi. Kun kori alkoi olla täynnä, Marjatta katsoi ympärilleen. Alkoiko jo hiukan hämärtää? Marjatta pelkäsi hiukan pimeää metsää, joten hän lähti kiiruhtamaan kohti kotia.

*

Syksy ja talvi kuluivat Marjatan kotona niin kuin tavallisestikin, mutta kevään ensi merkkien näkyessä kaikkien oli pakko huomata, että Marjatta oli raskaana. Tokihan asiaa oli yksi jos toinenkin hiukan arvellut, mutta nyt asia oli varma. Vanhemmat vaativat tyttöä kertomaan, kenen kanssa oli ollut, mutta Marjatta pysyi vaiti. Siskot pyysivät häntä jakamaan salaisuuden kanssaan ja veljet uhkailivat selkäsaunalla, ellei Marjatta kerro nimeä, mutta Marjatta ei puhunut. Hän oli hämmentynyt, sillä hän ei tiennyt, mitä olisi voinut kertoa. Hänen unissaan oli usein ollut myös miehiä, komeita ja ystävällisiä, mutta valveilla – ei. Marjatta vakuutti yhä uudelleen, ettei ollut ketään ollut.

Vanhemmat eivät uskoneet, että unessa tavattu mies voisi aiheuttaa raskauden, kyllä siihen oli tarvittu joku, joka on lihaa ja verta. Mutta Marjatta vaikutti vilpittömältä, hän ei osannut nimetä ketään. Ehkä tyttö todella oli niin lapsellinen, ettei ollut ymmärtänyt, mitä oli tapahtunut.

Vanhemmat päättivät, että Marjatta pysyisi kotona synnytykseen asti. Se oli helppoa, eihän tyttö muutenkaan kylillä ollut kulkenut. Talon väkeä kehotettiin pysymään vaiti asiasta, vaikka arvaahan sen, että huhuja ja juoruja liikkui. Vanhemmat kuulostelivat varovasti paikkaa, johon lapsen voisi antaa mahdollisimman pientä maksua vastaan. He löysivätkin matamin, joka hoiti maksua vastaan juuri sellaisia lapsia kuin tämä Marjatan tuleva. Häneltä oli yksi pienokainen juuri kuollut, joten hänellä olisi tilaa uudelle. Vanhemmat sopivat, että he toimittaisivat lapsen matamille heti sen synnyttyä, mäin asia olisi nopeasti pois päiväjärjestyksestä. Marjatta toipuisi jonkun aikaa ja jatkaisi sitten elämäänsä.

81

Marjatan kanssa vanhempien suunnitelmista ei neuvoteltu, mutta hänelle kerrottiin, että vanhemmat hoitaisivat asian eikä hänen pitänyt huolehtia. Silti tyttö valmisteli kapaloita lapselleen. Sisaret kielsivät tekemästä turhaa työtä: ei Marjatan tarvinnut valmistaa lapselle varusteita, ei hänen tarvitsisi huolehtia mistään. Hän voisi vain nyt levätä ja vahvistua, niin että toipuisi nopeasti synnytyksen jälkeen. Sisaret eivät tosin tietenkään puhuneet synnytyksestä vaan kierrellen "siitä" tai "siitä ikävästä asiasta".

Marjatta kysyi vanhemmiltaan, voisiko hän pitää lasta luonaan vuoden. – Mahdotonta, vastasivat vanhemmat. – Puoli vuotta? – Ei tule kysymykseenkään. – Kuukauden? – Ei, ei. – Saisiko hän kuitenkin imettää lasta, pitää sitä sylissään ennen kuin se annettaisiin piika Iitalle pois vietäväksi? – Ei, sanoi äiti. – Parempi, että lapsi viedään pois heti. Jos katsot sitä, jos kosket siihen, se on aina vaikeampaa. Äiti huokaisi, ja hetken aikaa Marjatta ajatteli äidin ymmärtävän, miltä Marjatasta tuntui.

Sitten, kun lapsen odotettiin syntyvän minä päivänä tahansa, Marjatta katosi. Hän oli ottanut mukaansa nyytin, jossa olivat hänen valmistamansa lapsen tarvikkeet, ja hävinnyt sille tielleen. Marjattaa etsittiin ensin metsästä. Maassa oli vielä lunta ja jäljet olisivat näkyneet, joten pian todettiin, ettei tyttö ollut mennyt metsään, vaan lähtenyt kohti kylää. Kun tyttöä tavoiteltiin, kävi ilmi, että hän oli käynyt monessa talossa. Hän oli pyytänyt paikkaa synnyttää lapsensa, apua synnytykseen ja suojapaikkaa, johon voisi jäädä lapsensa kanssa. Kukaan ei ollut huolinut häntä. Joissakin paikoissa hänelle oli väitetty ystävällisesti, ettei juuri nyt mahdu, ihan nyt ei sovi, toisista paikoista hänet oli selkeästi ajettu ulos; häntä oli nimitelty huoraksi ja käsketty hävetä, kun pyrkii kunnialliseen taloon.

Parin viikon kuluttua vanhemmat saivat kuulla, että Marjatta oli synnyttänyt lapsensa eräässä pienessä mökissä kylän laidalla. Mökissä asui yksinään omituinen vanha eukko. Naista nimiteltiin joskus noidaksi eivätkä kaikki kyläläiset olleet mielellään hänen kanssaan tekemisissä. Toisinaan häneltä kyllä haettiin apua tilanteissa, joissa muiden keinot olivat loppuneet. Eukon tiedettiin joskus avustaneen vaikeissa synnytyksissäkin, joten vanhemmat saattoivat toivoa tyttärensä olevan kunnossa. Ankaruudestaan huolimatta he olivat pelänneet tyttärensä puolesta.

Vanhemmat lähtivät eukon mökkiin tapaamaan tytärtään. He moittivat tyttöä paosta ja siitä, että koska hän oli käynyt monessa talossa, koko kylä tiesi nyt perheen häpeästä. Marjatta nosti päänsä pystyyn ja totesi olevan pelkästään hyvä, että koko kylä tietää. Hän ei aikonut luopua pojastaan. Marjatta jäi asumaan noitaeukon luokse poikansa kanssa. Pojan kasvaessa Marjatan vanhemmatkin mieltyivät lapseen ja lakkasivat pohtimasta mahdollisia isäehdokkaita. Vanhemmat olisivat ottaneet Marjatan lapsineen kotiin, mutta tyttö jäi mieluummin eukon mökkiin. Eukko oli jo raihnas, mutta Marjatta hoiti työt nopsasti ja näppärästi. Eukko puolestaan opetti Marjatalle yrttien käyttöä, ja molemmat hoitivat innolla pikku poikaa, jonka Marjatta nimesi Urhoksi.

Pikku mökillä alkoi käydä väkeä entistä enemmän. Monet kylän naisista ihailivat ainakin salaa Marjatan urheutta ja pyrkivät hänen ystävikseen, osa paheksui, mutta oli silti utelias näkemään, miten noitamökissä elettiin. Miehet olivat aikaisemmin olleet melko harvinaisia vieraita noidan luona, nyt mökin ympärillä liikkui kaikenikäisiä miehiä. Osa oli kiinnostunut Marjatasta aviottoman lapsen äitinä, todennäköisesti siis kevytmielisenä naisena, mutta moni kävi myös ihan tosissaan kosiskelemassa häntä puolisoksi. Vanhemmatkin kuulivat kosijoista ja olivat innoissaan, mutta Marjatta ilmoitti, ettei hän tarvitse miestä, vaan elää hyvää elämää ilmankin.

Marjatan pojasta kasvoi komea nuori mies, joka sitten äitinsä kannustuksesta kierteli lähipaikkakunnilla ja hiukan kauempanakin sekalaisia töitä tehden. Marjatta arveli, että pojan olisi hyvä nähdä, miten muualla eletään eikä tyytyä pelkästään kotinurkkiin. Pojasta kasvoikin erilaisuutta ymmärtävä, vakaa mies, joka oli oppinut matkoillaan monenlaista. Marjatan kotitalon jakoivat Marjatan veljet, mutta Marjatan poika löysi mieluisan puolison ja meni kotivävyksi keskikokoiseen taloon. Noitaeukon kuoltua Marjatta asui mökissä vähän aikaa yksin. Vanha mökki alkoi olla huonossa kunnossa ja kävi yhä hatarammaksi vuosi vuodelta. Lopulta Marjatta joutui muuttamaan poikansa luokse, jossa lapsenlapset iloitsivat isoäidin seurasta. Vähitellen kyläläiset unohtivat paheksuntansa, mutta kylän nuoret naiset saivat hänen tarinastaan myös rohkeutta nähdessään Marjatan liikkuvan kylillä pystypäin.

Lempi

Olin navetassa luomassa lantaa, kun huomasin Joukon kurkistelevan ovesta hämärään navettaan. Hän huhuili äitiään.

– Olen lypsämässä, älä säikyttele elikoita, torui emäntä. – Odota ulkopuolella, jos talo ei ole tulessa.

Jouko ei malttanut jäädä odottamaan vaan tuli sisälle. Joukamoisen talon navetta on vanhanmallinen, siinä on korkea kynnys ja matala oviaukko. Vaikka Jouko on lyhyt, hänenkin piti kumartua astuessaan sisään. Lähestyessään äitiään hän vilkaisi nopeasti minun suuntaani, mutta eihän hän pidä minua navettaluutaa kummempana.

– Äiti, olen tehnyt kovin pahoin, Jouko sanoi. Kuulosti melkein, kuin hän olisi nyyhkäissyt.

– Olisiko parempi puhua rauhassa sisällä? kysyi emäntä tyynellä äänellä. Arvasin, että häntä hiukan pelotti kuulla. Jouko on tavallisesti toimissaan suorastaan verkkainen, mutta suuttuessaan hän voi joutua silmittömän raivon valtaan. Pari vuotta sitten emäntä oli joutunut antamaan nuoren hiehon hyvittäjäisiksi, kun Jouko oli kirkonmäellä hakannut pahoin häntä härnänneen naapurikylän pojan.

– Ei, minun on kerrottava nyt, sanoi Jouko. Kylältä tullessani törmäsin Väinöön, joka sätti minua ilkeästi. Ukko tuskin pysyy pystyssä keppinsä kanssa, joten arvelin hänen taitojensa menneen... Haastoin hänet, ja hän voitti minut leikiten, aikoi tappaa. Minun oli luvattava hänelle jotain, että päästäisi minut menemään.

– Ja mitä mahdoit luvata isottelusi hinnaksi? Lehmänkö? kysyi emäntä kylmällä äänellä.

– Äiti rakas, hän olisi minut tappanut, minun oli pakko luvata, tarjosin ensin muuta, mutta hän ei huolinut. Nyt Jouko selvästi itki, sen kuuli äänestä.

– Siis mitä? Isäsi talon ja maatko lupasit antaa pois?

– Ei, pahempaa, lupasin hänelle Ainon vaimoksi, kuiskasi Jouko.

Emäntä oli vähän aikaa vaiti, mutta lypsi rivakasti.

– Eihän tuo nyt ole kovinkaan paha asia, sanoi hän sitten hitaasti. Väinö on vanha, mutta hyvin arvostettu. Hän on hyvin varakas, rikas suorastaan. Aino saa olla iloinen, kun pääsee niin hyville päiville ja vielä suurmiehen vaimoksi.

– Etkö ole vihainen? kuiskasi Jouko.

– En, en todellakaan. Nythän oikeastaan kävi oikein hyvin. Aino pääsee hyviin naimisiin, ja varmaan tästä on etua sinullekin. Alkavatpa tytöt sinuakin katsella kahta innokkaammin, kun sinulla on Väinö lankona. Ei tarvitse talon ainoan pojan enää kauaa poikamiehenä elellä.

Minua vähän nauratti talikkoa heilutellessani, mutta nauroin vain ihan itsekseni, äänettömästi ja salaa. Jouko on talon ainoa poika, se on totta, ja sehän kyllä houkuttelisi morsiamia, vaikka tila onkin pieni. Joukoa pidetään vähän omituisena eikä hän harottavine hampaineen ole kovin kauniskaan, mutta pahin este naimakaupoille on hänen äitinsä. Koko kylä tietää, että Joukamoisen emäntä on oikea riivinrauta, ja miehensä kuoltua hän on ollut talossa sekä isäntänä että emäntänä. Hän pitää varmasti talon hallintaa käsissään kunnes kuolema – ehkä – saa hänen otteensa irtoamaan. Hänen miniäkseen ei ole tunkua. En usko, että hän miniää oikeastaan haluaisikaan, olenhan minä täällä töitä tekemässä, mutta perillistä, Joukon poikaa, sitä emäntä toivoo kovasti.

Emäntä lähetti Joukon pois navetasta, että saimme tehtyä työmme loppuun. Kun kaikki oli valmista navetassa ja maitohuoneessa, menimme sisälle. Emäntä kutsui Ainon paikalle ja kertoi tämän pääsevän pian naimisiin. Aino oli järkyttynyt kuullessaan sulhasensa nimen eikä hän suinkaan kiitellyt veljeään asioitten järjestämisestä.

– Voi äiti, etkö minua pidä minkään arvoisena, kun antaisit minut ikälopulle iloksi! Minä en mene Väinölle, en varmasti! Jos Jouko on siskonsa luvannut, annetaan Lempi! Kyllä hän ajaa saman asian!

Ei minua vanha mies sulhasena juuri houkutellut, mutta eipä emäntäkään halunnut kuulla tuollaista ehdotusta.

– Liian halpa on orjan äpärä kuninkaalle, hän sanoi kylmästi. – Ja tiedät hyvin, ettei Lempi ole sisaresi, vaikka isänne onkin ehkä hänet siittänyt.

Emäntä mulkaisi minua kiukkuisesti. Hän ei pitänyt lainkaan siitä, että syntyperästäni muistutettiin. Äitini oli todellakin ollut orja, jostain kaukaa lapsena tuotu. Muistan hänet vain hämärästi, olin viisivuotias hänen kuollessaan. Olen kuullut puhuttavan, että äitini kuoleman jälkeen isäntä suunnitteli ottavansa minut virallisesti tyttärekseen, mutta en tiedä, onko se totta. Ainakaan isäntä ei ehtinyt tehdä asialle mitään, sillä hän jäi seuraavana talvena tukkimetsässä kaatuvan puun alle ja eli sen jälkeen vain muutaman päivän. Nykyään kuulun jo Joukamoisen talon kalustoon. Teen ahkerasti työtä ja saan palkakseni ruoan ja katon pääni päälle. Huonomminkin voisi olla. Aino kertoo minulle salaisuuksiaan ja pitää minua melkein sisarenaan, Jouko osoittaa joskus olevansa minua ylempi, mutta enimmäkseen hän ei edes huomaa minua, ja hyvä niin. Emäntä inhoaa minua, mutta ei hän juuri lyö eikä edes kovin pahasti tiuski. Vaikka teemmekin usein töitä rinta rinnan, hän ei usein puhu minulle muuta kuin työhön liittyviä käskyjä ja ohjeita, nykyään ei paljon niitäkään tarvita.

Aino polki jalkaa.

– Jos isä eläisi, hän ei pakottaisi minua vanhuksen vaipanvaihtajaksi!

– Jos isäsi eläisi, hän olisi iloinen hyvästä naimakaupastasi, sanoi emäntä jyrkästi. – Yritä nyt vain tottua ajatukseen. Väinön vaimona sinulla ei ole puutetta mistään, sen kun komentelet piikoja. Parempaa et voisi odottaa. Kun kuulutukset luetaan, jokainen kylän tyttö kadehtii sinua.

Aino ei vastannut, mutta hän näytti kapinalliselta. Selvästikään hän ei ollut samaa mieltä kuin äitinsä. Minä olin kyllä huomannut, että Aino vilkuili mielellään erään tietyn Kaukon suuntaan, kuten moni muukin kylän tyttö. Kauko on pienen mökin poika, mutta komea ja nauravainen. Hän on uskoakseni tanssittanut jokaista kylän tyttöä ja varmaan ainakin joka toinen tyttö on häneen pikkuisen ihastunut. Minustakin tuntui mukavalta, kun hän kerran sanoi silmiäni kauniiksi, mutta tiedän, ettei hän ole kenenkään suhteen tosissaan. Ihan rehellisesti ajattelin, että Väinö olisi Ainolle parempi puoliso kuin Kauko. Vanha mies antaa vaimonsa olla rauhassa ja tekee hänestä pian nuoren lesken, mutta nuori mies, joka iskee silmää joka tytölle, tekee vaimostaan onnettoman.

*

Muutaman päivän kuluttua emäntä kertoi, että Väinö tulisi sunnuntaina esittämään virallisen kosintansa. Aino nyrpisteli nenäänsä, jolloin emäntä ilmoitti varsin tiukasti, että Ainon olisi laittauduttava parhaimpiinsa ja tultava hymyillen paikalle, kun häntä kutsutaan. Emäntä kävi itse valitsemassa vaatteet, jotka Aino pukisi ylleen, ja hän käski minun kammata ja letittää Ainon hiukset kauniisti sunnuntaiaamuna.

Lauantai-iltana saunan jälkeen, kun olin kahden Ainon kanssa, Aino kertoi Väinön tulleen hänen luokseen metsässä päivällä, kun Aino oli ollut saunavihtoja laittamassa.

– Se ruma, vanha mies yritti lähennellä minua, mutta minä juoksin pakoon. Ikinä en suostu hänelle menemään, ennen vaikka karkaan, kuiskutti Aino.

– Millä elät, jos karkaat? kysyin. – Mistä saat ruokaa ja katon pääsi päälle? Et voi noin vain rynnätä tiehesi, ellei sinulla ole ketään, joka auttaa. Yksinäsi kuolet nälkään ja kylmään ja jäät petojen saaliiksi.

– No en nyt kesällä sentään pakkaseen kuole, naurahti Aino, mutta selvästi hän jäi miettimään sanojani.

*

Sunnuntai-aamuna Aino pukeutui äitinsä käskyn mukaisesti parhaimpiinsa ja minä letitin hänen kypsän viljan väriset hiuksensa ja kiersin letit kruunuksi pään ympärille. Kun Aino oli valmis, katsoin häntä ihaillen, ja hän kysyi, arvelinko hänen kelpaavan satavuotiaan silmille.

– Olet kaunis ja kelpaat kenelle tahansa, sanoin vilpittömästi. – Ei sinun huonosti käy. Väinöllä on komea talo ja iso navetta. Piikoja on useampia, tuskin sinun tarvitsee koskaan tarttua raskaisiin töihin ja ruokaa riittää ihan varmasti joka päivä.

– Väinö on luullakseni ainakin satavuotias, sanoi Aino. – Oletko sattunut näkemään häntä viime aikoina? Hän on kauhean ruma ja haisee pahalle. En tosiaankaan halua olla hetkeäkään hänen lähellään.

– Etpä sitten kauaa joudu häntä katselemaan, kuiskasin. – Pari vuotta, ja olet kylän rikkain leski.

Emäntä kutsui minua ja jätin Ainon yksikseen. Tuvassa laitoimme kaiken kuntoon sulhasvieraitten saapumista varten. Aino pysyisi poissa näkyvistä, kunnes emäntä kutsuisi hänet paikalle.

Kun Väinö ja puhemiehenä toimiva Taito saapuivat, ymmärsin Ainon tunteet. Olin toki nähnyt Väinön silloin tällöin kauempaa kylällä, mutta nyt näin hänet läheltä ja voin vain todeta, että hän oli kumaraan painunut vanha mies, jolla ei näyttänyt olevan kovin paljon hampaitakaan jäljellä. Tiesin, että Taitolla on jo useampia lapsenlapsia, mutta hän oli ryhdikäs vanha mies ja olisi hyvin voinut olla Väinön poika. Oli suorastaan irvokasta, että tuollainen vanha ukko tuli kosimaan hädin tuskin aikuistunutta tyttöä.

Tietenkään en ilmaissut näitä ajatuksiani mitenkään, vaan kannoin hymysuin pöytään munapataa, piirakoita ja olutta. Emäntä puheli vieraitten kanssa ja naima-asia päätettiin nopeasti. Myötäjäisistä keskusteltiin pitempään, mutta lopulta Väinö myöntyi lehmään ja kahteen lampaaseen todeten, ettei hänen navettaansa taitaisi enempää mahtuakaan. Kun kaikki oli puhuttu valmiiksi, emäntä kutsui Ainoa. Kun tyttöä ei kuulunut, emäntä vilkaisi merkitsevästi minun suuntaani, ja pyörähdin kamariin, jossa Ainon piti istua odottamassa. Mutta eipä istunut. Ainoa ei näkynyt missään.

– Tainnut mennä pikkulaan, sanoin nopeasti ja kipaisin ulos. Etsin joka paikasta, mutta Ainoa ei löytynyt. Lopulta Taito sanoi, että he tulisivat toisen kerran sopimaan kuulutuspäivästä. Silkkinen huivi ja kiiltävä sormus jäivät tuvan pöydälle odottamaan Ainoa. Taito jäi vielä tupaan puhumaan emännän kanssa, kun Väinö lähti ulos. Eteisessä hän painautui minua vasten ja veti mukaansa pihalle, puuvajan kulman taakse. Vanha mies haisi happamalta ja läheltä näin, että hänen parrassaan oli puurontähteitä. Suljin silmäni ja toivoin, että Aino olisi ehtinyt niin kauas, ettei häntä saataisi kiinni.

*

Kukaan ei ollut nähnyt Ainon lähtevän, eikä kukaan tiennyt, minne hän oli mennyt. Olin ajatellut, että hän ehkä olisi hakenut apua Kaukolta, ja ehkä hän oli yrittänytkin. Ei Kauko kuitenkaan hänen kanssaan ollut mihinkään lähtenyt eikä miehellä varmaan olisi ollut antaa rahaakaan karkumatkan avuksi.

Syksyllä marjojen kypsymisen aikaan erään talon marjastajaväki löysi metsäjärven rannalta kasan vaatteita, jotka tunnistettiin Ainon vaatteiksi. Joukko miehiä lähti seipäiden ja verkkojen kanssa etsimään Ainoa järvestä. Minä olin mukana, pitihän jonkun naisen olla paikalla, jos jotain löytyisi. Mutta ei löytynyt. Miehet tutkivat syvänteet ja rantakaislikot, he kaivelivat pohjamudat ja kivenkolot, mutta Ainon ruumista ei järvestä noussut. Väinökin oli veneineen ja verkkoineen vähän aikaa etsimässä. Hän luuli jo löytäneensä ruumiin ja huuteli muita apuun, mutta hänen verkkoonsa olikin tarttunut vain iso kuollut kala. Väinö lähti metsäjärveltä aika vauhdikkaasti melkein heti sen jälkeen. Hän ehkä kuuli jonkun naureskelevan, ettei vanha mies erota naista kalasta.

Emäntä itki monta päivää, eikä hänen töistään navetassakaan tahtonut tulla paljon mitään. Vaikka ruumista ei löytynyt, oli selvää, että Aino oli hukkunut, kun vaatteet oli kerran löydetty rannalta.

Vähitellen elämä palasi suunnilleen entisiin uomiinsa. Väinö kuului taas kosiskelevan jotain nuorta tyttöä, tyttö oli naapurikylästä enkä häntä tuntenut. Kauko puolestaan oli jossain markkinoilla käydessään rakastunut ja mennyt suin päin naimisiin aivan ventovieraan tytön kanssa. Saaren pikkupiika oli kertonut kotonaan, että nuoripari riiteli jo raivokkaasti. Kauko oli rikkonut nuoren vaimonsa peilin ja jotain muita kapineita, minkä jälkeen vaimo oli pudottanut tahallaan lattialle Saaren suvussa pitkään kulkeneen suuren ruukun ja polkenut vielä sirpaleita. Molemmat olivat huutaneet toisilleen suureen ääneen. Eräänä päivänä emäntä moitiskeli Joukoa Ainon takia, ja Jouko lähti kiukuissaan kosimaan kylän suurimman talon tytärtä – ja sai nauraen annetut rukkaset. Sana levisi kylälle ja siitä olivat harmissaan sekä Jouko että emäntä.

Minä en välittänyt kovin paljon kylän tapahtumista enkä Joukon ongelmista. Minulla oli muuta ajateltavaa. Jos emäntä ei olisi ollut niin poissa tolaltaan Ainon takia, hän olisi huomannut jo aikaisemmin, mutta ennen pitkää väistämätön päivä koitti.

– Huoran tytär, huora itsekin, sen nyt saattoi arvata! huusi emäntä.

– Ja arvaan kyllä, ketä aiot syyttää, mutta sepäs ei onnistu. Ihan turhaan olet viritellyt verkkojasi, sinusta ei koskaan tule tämän talon emäntää.

Kuuntelin nöyrästi emännän moitteet. Eihän minulla ollut muuta mahdollisuutta. Kuten olin Ainolle sanonut, selviäminen yksin ilman tukea olisi vaikeaa, lapsen kanssa olisi vielä vaikeampaa. Pysyisin Joukamoisen talossa, ellei emäntä suorastaan heittäisi minua ulos. Sulkisin korvani, nöyrtyisin kynnysmatoksi, kunhan minulla olisi jonkinlainen paikka, missä olla.

Seuraavat kuukaudet olivat rankkoja. Tein työtä vielä enemmän kuin ennen, nopeammin, tehokkaammin. En halunnut emännän ajattelevan, etten ollut ruokani arvoinen. Emäntä ei puhunut minulle sanaakaan, ellei ollut aivan pakko. Jouko pysytteli etäällä. Kun osuimme vastakkain, hän kääntyi nopeasti pois.

Viikot vierivät hiljaisuudessa, mutta ei se oikeastaan haitannut. Kun oikein kaipasin ihmisääntä, laulelin hiljaa itsekseni. Minulla ei ollut mitään intoa lähteä kylille vatsaani esittelemään, kun ei ollut pakko. Kylälle tietenkin tilani tiedettiin, ja mitä ei tiedetty, se arvailtiin. Minun ei onnekseni tarvinnut niitäkään puheita kuulla.

*

Poikani syntyi keväällä. Synnytys oli vaikea. En muista siitä kaikkea, mutta sen muistan, että emännän kutsuma Venla-muori luki loitsujaan: – Neitsyt Maaria emonen, pyhä piika pikkarainen, auta piika pintehistä, päästä paikasta pahasta... Kivut olivat niin kovat, että huusin suoraa huutoa, mutta äkkiä tajusin, että huutooni yhtyi toinen ääni, lapsen itku. Venla-muori sopotti edelleen ja sitten hän työnsi kainalooni vaatteeseen käärityn huutavan vauvan ja auttoi nännin lapsen suuhun. Lapsi lakkasi itkemästä ja alkoi imeä.

Lepäsin synnytyksen jälkeen viikon, sitten nousin tutisevin jaloin taas askareilleni, aluksi vain keittiöön. Navettaan minun ei tarvinnut heti mennä, emäntä oli ottanut muutamaksi viikoksi apupiian. Fiina oli kymmenvuotias mökkiläisen tytär, suuren perheen esikoinen. Hän tuli aamuin illoin navettatöihin ja sai palkakseen itselleen hyvän aterian aamupäivällä navettatöiden jälkeen ja illalla kannullisen maitoa perheelle vietäväksi. Navettatyöt olivat varmasti nuorelle tytölle raskaita, mutta ainakin Fiinan vanhemmat olivat järjestelyyn kovin tyytyväisiä.

Lapsen kehto oli keittiössä, että saatoin helposti imettää töitteni välillä. Huomasin, että silloin tällöin emäntä näytti salavihkaa katselevan tutkivasti kehdossa makaavaa lasta. Vasta tässä vaiheessa tajusin, että tietenkin emäntä tiesi Joukon käynneistä luonani. Kun maailma oli Joukolle paha, hänellä piti olla joku, jolle hän sai tehdä mitä tahansa, joku, joka ei voinut vastustella. Minä olin ollut siihen tarpeeksi mitätön eikä mustelmia ollut sellaisissa paikoissa, että niitä olisi kukaan nähnyt. Mitään ei sanottu ääneen, mutta helpotuksekseni käsitin, että emäntä oli päätellyt lapsen olevan poikansa äpärän. Selvästi hän oli päättänyt pitää lapsen talossa ainakin siihen saakka, että Jouko saisi paremman perillisen.

*

Tilanne vakiintui vähitellen normaaliksi. Aloin taas työskennellä navetassa ja muutenkin tehdä tavalliset työni ja emäntäkin saattoi taas toisinaan sanoa minulle sanan pari. Fiina jäi vielä taloon pikkupiiaksi, hänen tärkeimpänä tehtävänään oli pitää lasta silmällä, kun minä ja emäntä olimme navetassa tai muissa töissä. Minä kävin papin luona nuhdeltavana ja otin nöyrästi nuhteet vastaan. Poika sai nimekseen Onni. Päätin nimen ihan uhalla, kun kuulin talossa käyneiden eukkojen puhelevan Lempi-parankin jo

90

saaneen sikiön vaivoikseen. Eukkojen silmät olivat vilkkuneet uteliaasti, mutta sen paremmin minä kuin emäntäkään ei sanonut mitään. Kerroin valitsemani nimen kuin ohimennen etukäteen emännälle siltä varalta, että hänellä olisi ollut jotain huomauttamista nimen suhteen, mutta hän vain tuhahti eikä vastannut mitään.

Onni kasvoi ja muuttui huutavasta vastasyntyneestä palleroiseksi pienokaiseksi, joka alkoi ensin kontata ja sitten otti ensimmäiset haparoivat askeleensa. Odotusaikana en ollut juuri ajatellut lasta, vain omaa selviämistäni, mutta vähitellen äidinrakkaus alkoi minussa kasvaa ja aloin katsella lastani rakkauden täyttämin silmin. Eihän tuo pieni ollut syypää mihinkään, ja minun oma lapseni hän oli, vain minun. Emäntä tosin katseli lasta toisinaan myös omistavasti ja huomasin, että hän puristi nopeasti pojan rintaansa vasten, kun tämä luottavaisesti juoksi kädet ojossa hänen syliinsä. Eipä sekään minua haitannut, voisihan emännän kiintymys suoda pojalle edelleen katon päänsä päälle, vaikka Jouko joskus sattuisikin saamaan lauman laillisia perillisiä.

Jouko oli loppujen lopuksi päätynyt kosimaan läheisen pikkutilan piikatyttöä Leenaa, jolla ei ollut sukua eikä omaisuutta. Emäntä oli nyrpistellyt nenäänsä naimakaupalle, mutta hänen ilmeensä oli tyytyväinen, kun näyttäytymässä käynyt morsian oli selvästi peloissaan ja käyttäytyi hyvin nöyrästi tulevaa anoppia kohtaan. Leipoessamme kuuliaisvehnästä emäntä sanoi minulle: – Nyt tulee sitten järjestys tähänkin taloon. Leena opetetaan talon tavoille navetassa ja keittiössä, Fiina otetaan lapsia hoitamaan, kun se aika koittaa. Ja Lempi tietää paikkansa ja poikansa paikan myös eikä kuvittele turhia. Mumisin jotain myöntävää eikä emäntä enempää odottanutkaan. Hän oli loppujen lopuksi hyvin mielissään eikä pannut kovin paljon pahakseen edes sitä, että morsian joutui hääyvalmisteluja tehdessämme myöntämään olevansa jo raskaana ja että häävarusteet piti laittaa sen mukaan. Emäntä odotti hartaasti laillista perijää ja totesi vain, että mikäs siinä, jos nuoret olivat jo vähän aloittaneet etukäteen, tiesivätpähän sitten, mitä olivat saamassa.

Vihkimisen jälkeen kävi kuitenkin selväksi, ettei sulhanen ollut lainkaan tietoinen tilanteesta, vaan morsiamen hunnuttomuus tuli hänelle yllätyksenä. Alttarilla hän ei alkanut vielä rähistä, oli kai niin pöllämystynyt, mutta kirkosta päästyä uteliaat kyläläiset saivat kuulla tuoreen aviomiehen nimittävän suureen ääneen nuorikkoaan huoraksi. Onneton tyttö yritti soperrella jotain, mutta Joukon nyrkki oli nopea. Minä ja emäntä astuimme kuin yhtä jalkaa Joukon ja Leenan väliin. Emäntä tarttui riuskalla otteella Joukon käsivarteen ja alkoi ripittää tätä hiljaisella äänellä, minä autoin Leenan ylös maasta ja painoin huivini tyrehdyttämään nenästä valuvan veren. Emäntä antoi Joukolle tiukkoja ohjeita ja nyökkäsi minulle, että auttaisin Leenan rattaille. Hän nousi itse tytön viereen ja viittasi minut toiselle puolelle, sitten lähdettiin vauhdilla kohti Joukamoisen taloa, jonne oli katettu hääateria, eihän Leenalla ollut ketään, joka olisi järjestänyt häät. Hääaterialle oli nuorenparin toiveesta kutsuttu vain muutama naapuri, ja emäntä jäi heitä vastaanottamaan sillä aikaa, kun minä siistin Leenan ja käskin tiukasti hänen käyttäytyä kuin mitään ei olisi tapahtunut. Jouko tuli kotiin metsän kautta äitinsä määräysten mukaisesti ja tuli nyreänä pöytään istumaan vaimonsa viereen. Kumpikaan ei puhunut sanaakaan sen paremmin toisilleen kuin muillekaan eikä heille näyttänyt oikein ruokakaan maistuvan. Nopeasti syödyn aterian jälkeen emäntä suorastaan hätisti vieraat ulos. Sitten hän sanoi ankaralla äänellä Leenalle: – Sinä olet nyt poikani vihitty vaimo ja sellaisena käyttäydyt. Nyt yhden kerran kysyn tämän, sitten asiasta ei puhuta: kenen sikiötä kannat, Joukon vai jonkun toisen? – Jouko on vähän puristellut, ei muut, vakuutti itkevä tyttö. – Vain Jouko on ollut. Jouko kirskutteli hampaitaan, mutta ei sanonut mitään. – Kyllähän niitä lapsia syntyy nopeasti häiden jälkeen, eivätkä ole sen huonompia kuin muutkaan, sanoi emäntä. Hän oli selvästi mielissään siitä, että Leena vakuutti lapsen olevan Joukon, vaikka tuleva isä ei asioiden tilasta ollutkaan selvillä.

Leena oli nöyrä ja hiljainen. Hän oppi nopeasti talon tavoille, mikä tarkoitti, että piti tehdä ahkerasti työtä ja totella kaikessa emännän tahtoa. Avioliiton alkuvaiheessa Leenalla näkyi pari kertaa mustelmia, mutta tämä loppui emännän pidettyä Joukolle tiukan kahdenkeskisen puhuttelun. Sitä mukaa kun Leenan vatsa kasvoi, emäntä alkoi järjestellä hänelle kevyempiä töitä ja Fiina kutsuttiin taas avuksi navettaan. Kaikesta näkyi, että emäntä kaipasi kovasti Joukon lasta. Olin kuitenkin iloinen, ettei hän kokonaan hylännyt Onnia, vaan suhtautui poikaan edelleen ystävällisesti. Kerran Leenan kysyessä ohimennen Onnin asemaa talossa, emäntä sanoi Onnin olevan eräänlainen kasvattipoika, josta olisi talossa vielä paljon hyötyä, kunhan hän vähän kasvaa. Silloin tiesin, ettei minun tarvitsisi pelätä emännän ihan heti ajavan Onnia maantielle.

92

Leena synnytti esikoisensa muutamassa tunnissa eräänä tavallisena myöhäissyksyn iltana. Onni oli jo nukkumassa, Jouko puuhaili jossain ulkona, häiden jälkeen hän oli alkanut pysytellä enimmäkseen omissa oloissaan. Me naiset istuimme vielä iltahämärissä lämpimässä tuvassa käsitöinemme ja muistelimme kuulemiamme vanhoja jännittäviä ja huvittavia tarinoita. Yhtäkkiä Leena päästi parkaisun, kiersi kädet vatsansa ympärille ja huohotti: – Nyt alkaa tapahtua, auttakaa... Ja alkoikin tapahtua. Fiina lähetettiin noutamaan vanhaa Venla-muoria avuksi, vaikka tyttö kovin pelkäsi susien käyvän kimppuunsa matkalla muorin mökille. – Matkahan on lyhyt, laulat vaikka mennessäsi, sudet säikähtävät ääntä, neuvoin. – Mutta mene nyt joutuin.

Venla-muorin saapuessa olimme emännän kanssa saaneet Leenan siirretyksi saunaan, jonne olin nopeasti sytyttänyt tulet.. Muori tuli tomerana paikalle ja ensi töikseen lähetti pihalla norkoilevan Joukon kauemmas saunan ulkopuolelta. Sitten hän kääntyi Leenan puoleen, tunnusteli hiukan sieltä täältä ja samassa jo lapsi olikin hänen käsissään. Heti lapsen tultua ulos oli selvää, ettei tuo sievä mustakiharainen ruskeasilmäinen poika voinut olla vaaleahiuksisen ja sinisilmäisen Joukon siittämä. Muistin heti kiertelevien tummien joukon, joka oli kärryineen liikuskellut kylässä aika lailla sopivaan aikaan. Emäntä tuijotti lasta ja tiukkasi selitystä ja Joukokin tuli ovelle lapsen itkun ja äitinsä vaativan äänen kuullessaan.

– Katso nyt sinäkin Jouko, ei tuo sinun voi olla, huusi emäntä. Vanhan Venlan uteliaisuudesta vilkkuvat silmät kiersivät toisesta toiseen, vaikka hänen kätensä hoivasivat tottuneesti vauvaa ja nostivat sen sitten Leenan rinnoille. Jouko ei sanonut mitään, mutta emäntä vaati selitystä yhä kovemmalla, nyt jo itkunsekaisella äänellä.

– Kenen siittämä, onko sillä väliä. Eihän tuo niin sanottu aviomieheni mihinkään sellaiseen miesten työhön pysty, lyö ja ärisee, muuta siltä on turha odottaa! Leena oikein kirkui, vaikka Venla yritti häntä rauhoittaa. Maidontulolle ei ollut kiihtyminen hyväksi. Emäntä haukkoi henkeä ja alkoi sitten valua lattialle. Jouko oli hävinnyt ovenraosta. Yritin auttaa emäntää pystyyn, mutta en saanut yksinäni häntä liikkumaan. Venla tuli avuksi ja totesi, että emäntä oli saanut halvauksen. Itkevän Fiinan avustuksella emäntä saatiin sisälle ja omaan sänkyynsä. Hän ei pystynyt puhumaan eikä liikkumaan, silmät vain pyörivät päässä.

93

Seuraavina viikkoina minä ja Fiina häntä yritimme hoitaa ja jutella iloisesti arkipäiväisiä asioita, kun oli varoitettu millään lailla sairasta kiihdyttämästä. Vähän pelkäsin, mitä tapahtuu, kun Onni tulee emännän näkyviin, mutta Onnin läsnäolo näytti häntä suorastaan rauhoittavan.

Jouko näkyi joskus ulkosalla, mutta sisälle hän tullut, ei edes äitiään katsomaan, vaikka muutaman kerran huutelin hänelle äitinsä häntä kaipaavan. Emännän puhekyky ei palannut, joten hän ei voinut kysellä mitään, emmekä me kertoneet hänelle kylän juoruista emmekä edes läheskään kaikkea siitä, mitä talossa tapahtui. Emännälle ei kerrottu mitään silloinkaan, kun kauhistunut Fiina tuli kertomaan Joukon roikkuvan puuvajassa hirttäytyneenä. Leena kieltäytyi menemästä edes katsomaan, joten minä otin miehen alas ja myöhemmin pesin ja valmistin arkkuun. Kävin neuvottelemassa papin kanssa, hän oli ensin vastahakoinen, mutta kun nuori hieho siirtyi Joukamoisen karjasuojasta pappilan navettaan, Jouko pääsi siunattuun maahan, perheensä sukuhautaan. Varsinaisia hautajaisia ei pidetty, vain nopea siunaushetki haudalla tavallisena arkipäivänä. Suntio oli hankkinut maksetut kantajat ja minä olin Fiinan kanssa saattoväkenä. Leena ei halunnut osallistua. Papille kerroin, että Leena oli vielä synnytyksen jäljiltä niin huonona, ettei mitenkään ollut jaksanut lähteä.

Hautajaisten jälkeen Leena nousi lapsivuoteesta eri naisena kuin se nöyrä tyttö, joka aikanaan taloon tuli. Hän otti heti emännän aseman, mikä hänelle tietysti kuuluikin. Kylällä puhuttiin ahkerasti, olihan tilanne täynnä juorunaiheita eikä Venla-muori todellakaan säästellyt mehukasta kertomustaan. Juoruilla hekumoidessa nostettiin tietenkin esille myös Aino, eikä minunkaan huoruuttani unohdettu. Leena ei kuitenkaan näyttänyt juoruista piittaavan. Hän laittoi rauhallisesti sivuun kuluneet arkiliinat ja valitsi emännän tarkoin varjelemasta liinavaatekaapista jokapäiväiseen käyttöön uudemmat. Tavaroita järjestellessään ja lajitellessaan Leena kysyi kuin ohimennen minulta, haluanko jäädä taloon. Vastasin myöntävästi, eihän minulla olisi muutakaan paikkaa ollut. Kuka emäntääkin olisi hoitanut, jos minä olisin lähtenyt. – Hyvä, sanoi hän. – Kyllä tässä sitten selvitään.

Puolisen vuotta siinä sinniteltiin kolmisin, minä, Leena ja Fiina. Minä ja Fiina hoidimme navetan ja olimme keväällä myös rengin apulaisina peltotöissä kunnes saatiin taloon apupoika. Leena teki sisätyöt ja piti hyvää huolta pojista, Onnista ja omasta pojastaan

Josefista, mutta minä hoidin emännän, pesin ja syötin. Päivä päivältä mentiin eteenpäin, elämä alkoi asettua uomiinsa. Eräänä päivänä huomasin hyräileväni itsekseni lypsäessäni ja hiukan arkaillen talikon varressa touhuava Fiina yhtyi lauluun. Lauloimme riemukkaasti yhdessä pihalla ja vielä sisään mennessämme, mikä sai sekä Leenan että pojat nauramaan. Siitä päivästä lähtien tuntui kuin olisi ollut helpompi hengittää. Emäntä hiipui yhä vähäisemmäksi, kunnes eräänä syysaamuna hän oli poissa, kuihtunut ruumis vain oli jäljellä. Halusin järjestää kunnon hautajaiset, emäntä oli ollut mahtinainen ja jos asiat olivat olleet entisellään, hän itsekin olisi sellaisia toivonut. Leena suostui vastaan panematta kaikkeen mitä ehdotin ja komein menoin Joukamoisen emäntä laskettiin hautaan miehensä ja poikansa rinnalle. Mietiskelin hautajaisissa, että seuraavaksi Joukamoisen sukuhautaan päätyisivät joskus aikanaan Leena ja hänen poikansa. Aino oli ties missä, pohjamudissa. Minut ja minun poikani haudattaisiin syrjempään, köyhien puolelle. Emännän muistotilaisuudessa syötiin niin kuin ei missään. Leena istui keskimmäisessä pöydässä viisivuotias Onni vierellään ja melkein vuoden vanha Josef sylissään. Papilla oli paikka Leenan vieressä, mutta Leena keskittyi hoivaamaan poikia ja vain nyökkäili papin puheille. Leenalle käytiin mumisemassa surunvalittelut, mutta muuten ei pappia lukuun ottamatta juuri kukaan häntä puhutellut. Minä ja Fiina kannoimme esille aina vain lisää syötävää. Olimme sopineet Leenan kanssa, että näissä hautajaisissa ei säästellä, myöhemmin sitten pannaan suu säkkiä myöten.

Pöydissä kielenkannat kävivät ahkerasti ja juoruja kuiskittiin puoleen ja toiseen. Kuulin katkelmia juoruista edestakaisin kulkiessani: Kaukon kerrottiin jättäneen raskaana olevan vaimonsa äitinsä ja sisarustensa hoiviin ja lähteneen itse maailmalle; hän kuului elävän samanlaista villiä poikamieselämää kuin ennenkin. Väinön huhuttiin menneen kihloihin, mutta vaikutti olevan epäselvyyttä siitä, oliko morsian eräs nuori mökintyttö vai vauraan talon leskiemäntä. Välillä jonkun pöydän puhe taukosi hetkeksi, kun tulin lähelle, silloin tiesin, että oli käsitelty Joukamoisen asioita. Kun hautajaisvieraat lähtivät talosta, he olivat mieluisan kylläisiä sekä ruoasta että mehevistä juoruista.

Seuraava talvi emännän kuoleman jälkeen oli erityisen kylmä ja pitkä. Me kaikki iloitsimme, kun lopulta saimme viedä talven aikana laihtuneen karjan ulos laitumelle ja kun yhä niukentuneeseen ruokapöytään löytyivät kevään ensimmäiset lisät. Kevään kääntyessä kesäksi elämä taas vaurastui, kuten sillä oli joka vuonna tapana. Kesän jälkeen saapuu syksy, sitten talvi ja taas uusi kevät ja kesä ja taas uusi, niinhän aika kulkee. Aurinko paistaa lämpimästi ja jään hetkeksi istumaan porraskivelle joutilaana. Fiina näkyy keräävän kukkia, aikoo varmaan laittaa kukkaseppeleen illalla keinulle mennessään. Hänellä on kaksi ihailijaa, naapuritalon renki sekä toinen poika kauempaa kylältä. Minulla ja Leenalla on ollut monta hauskaa hetkeä seuratessamme, millaisilla tempauksilla nuorukaiset ovat yrittäneet kiinnittää Fiinan huomion itseensä ja lyödä toisensa laudalta. Fiina itse pitää kummastakin pojasta, mutta molemmilla on myös vikansa: toinen on aina iloinen, mutta usein vähän liiankin huoleton, toinen on vakaa ja luotettava, mutta jää helposti jurottamaan jostain mitättömästä asiasta. Leena hoitaa taitavasti emännyyttä, aluksi hän tarvitsi minun neuvojani, nykyään hän ei tarvitse, mutta kysyy silti joskus. Me tulemme hyvin toimeen, minä ja Leena, mutta on asioita, joista emme koskaan puhu. Leena on nyt ollut leskenä jo melkein viisi vuotta, ja muutama leskimies on alkanut toiveikkaana kuljeskella täälläpäin. Vaikka Joukamoinen on pieni tila, onhan tässä toki hiukan omaa peltoa ja metsää, muutama lypsävä navetassa. Saa nähdä, tarttuuko Leena jonkun tarjoukseen vai pysyykö hän itsenäisenä.

Katselen pihalla leikkiviä lapsia, kultatukkaista Onnia ja mustahiuksista Josefia. Melkein kymmenvuotias Onni on kätevä käsistään. Olemme Leenan kanssa puhelleet, että poika yritetään saada muutaman vuoden päästä jonkun käsityöläisen luokse oppiin. Vielä hän saa kuitenkin olla lapsi ja leikkiä pikku Josefin kanssa, joka puolestaan seuraa Onnia kuin pieni koira.

Onni on tehnyt Josefille pajupillin ja opettaa nyt tätä soittamaan. Pikku poika puhaltaa innoissaan, mutta ei saa aikaan kunnon säveltä. Hän antaa pillin Onnille ja pyytää tätä näyttämään. Pojat istuvat vierekkäin pihanurmella ja aurinko paistaa heidän hiuksiinsa. Josef katselee ihailevasti pillillä lurittelevaa Onnia ja osoittaa välillä naurusuin poikien ympärillä tanssivia perhosia ja lintuja, jotka lentävät rohkeasti lähelle kuin Onnin soittoa kuunnellen. Aurinko paistaa ihanan lämpimästi. Joskus tuntuu, ettei talven jälkeen voi saada tarpeekseen auringonsäteistä. Kesällä on tällaisen mitättömänkin olennon hyvä elää.